二十世紀英文学研究 XI

二十一世紀の英語文学

二十世紀英文学研究会編

目　次

序論

二十一世紀の英語文学の行方

大平　章

（1）「虚構と現実」――二十一世紀を創る文学

次世代や次世紀にどのような文学や芸術が出現するのかを予測することは、たぶんに冒険的であり、多大な困難を伴う。したがって、文学史家や文学理論家がわれわれに提供する文学上の知識は、たいてい後知恵的なものであり、彼らの主な役割は、ある一定の時代が終わってから、別の時代が始まるまで、その間に生じたさまざまな文学的傾向やスタイルを一般的特徴として分析することである。将来の予想となると、蓋然的にならざるをえない。そのような困難な作業にあえて取り組んだ批評家として、たとえば、フランスの文学研究家R・M・アルベレスが挙げられよう。二十一世紀の今日の文学的状況から振り返れば、彼の著書『二十一世紀への文学』は、予測としては確かに外れている部分もあるが、一九六〇年代から七〇年代にかけてフランス、もしくは英米や他のヨーロッパ諸国で起こりつつあった文学上の変化を念頭に置きながら、小説の形式や言語の未来像を彼なりに予測し、次世紀における小説の発展の可能性に言及している、という点では評価できよう。端的に言えば、新世紀に生まれるべき小説の特徴を、彼は、アラン・ロブ゠グリエ、ナタリー・サロート、ミシェル・ビュトール、ル・クレジオなどの作家に代表されるヌーヴォー・ロマンの延長上に、換言すれば、その方法をさらに深化させた〈新〉ヌーヴォー・ロマンの方向に見る。それゆえ、彼は、形式の刷新、言葉の実験を最優先し、十九世紀のリアリズム小説の特徴である「ヒーロー」や「登場人物」の消失を予測し、マルローやサルトルやカミュの実存主義文学の根幹とも言える「人間の条件」でさえ時代遅れと見なす。実際、彼にとって重要なのは文学的「ヒーロー」ではなく、テレビの画像に映る現代ロック・ミュージックの「アイドル」なのである（アルベルス 一九七六、一六―二〇）。そういう意味では、彼の小説哲学はロラン・バルトのポスト構造主義的小説のそれに近い（本書で彼はバルトやフィリップ・ソレルスのみならず、すでにミシェル・フーコーの名前も挙げている）。

そういうわけで、アルベレスによれば、二十世紀末には、「難解な言葉に遊ぶ文学」か、あるいは「感受性の魅惑に遊ぶ文学」が主流となり、そのほかの小説は舞台の中心から姿を消す。ほぼ同じ脈絡で、英国小説の場合でも、彼は、ヴァージニア・ウルフ、ジェームズ・ジョイス、ロレンス・ダレル、マルカム・ラウリーなどのいわゆるモダニスト作家、もしくはそのモダニズムの実験性を継承し、推進する作家を評価する。

彼の包括的な小説研究『現代小説の歴史』でもマルセル・プルースト、フランツ・カフカ、ロベルト・ムジール、ジョイス、ウルフ（そこにはD・H・ロレンスも含まれる）が現代小説の野党勢力（今日から見れば主流）として位置づけられ、その重要性がたびたび強調されている（アルベルス 一九六五、二一五―一七）。このような小説論がとりわけ稀有というわけではないが、彼にはこうした研究書のみならず、短編集や文芸時評もあるということから、彼を、英国のマルカム・ブラッドベリー、デイヴィッド・ロッジ、アンソニー・バージェスのような作家兼批評家に近いタイプと見なすこともできよう。このような批評家は、アカデミックな文学論のみに従事している文学研究家に比べ、批評と創作、理論と実践の相互関係、相互浸透の必要性をよく理解できるという点で、どの時代にも不可欠である。とはいえ、前にも触れたように、ヨーロッパ文学全体に造詣が深く、現代小説の動向に常に関心を払っているアルベレスのような批評家といえども、二十一世紀の文学への予見という点からすれば、それほど信頼に値するわけではない。十九世紀的なリアリズム小説の原型、もしくはその異形は、姿を消すどころか、現在でも形を変えながら小説作法上の重要な地位を占めている。小説のプロット、その時代的・社会的・歴史的背景や人物関係は依然として、小説全体を理解する上で重要な手がかりであり、「ヒーロー」も姿を消したのではなく、別の時代の、違った社会の「ヒーロー」が、たとえばある種の「アンチ・ヒーロー」が従来の「ヒーロー」に取って代わるのである。文学の形式や言語の実験性が過度に強調され、それがあまりにも長く続いて、マンネリ化すれば、読者は再び安定したストーリーの展開をリアリズム小説に求めるかもしれない。

とはいえ、リアリズム小説が必ずしも現実の人間生活を、すべて完全に、完璧に描いているわけではない。それはあくまでも「虚構」をとおして現実を別の「空間」に移し替えながら——換言すれば、言語によるある種の偽装を通じて——それを現実らしく描いているにすぎない。それをどこまで現実に見せかけるかは小説家の技量に依存する。したがって、「現実」と「虚構」は対立概念としてではなく、相補概念として解されるべきである。つまり、われわれの視点がどちらに傾くかによって、われわれの理解力の度合いは、より現実味を帯びるか、そこから離れるかという形で変わる。実際、人間の社会生活には、「現実」だけでなく「虚構」も必要なのである。それがうまく機能すれば、奇抜な空想力、もしくは優れた想像力になるだろうし、逆に、それが度を越せば、危険な空想壁や幻想もしくは白昼夢にもなりうる。したがって、どのようなリアリズム小説もいくぶんか「虚構」の要素がなければ、かえって現実性を欠く。同じことは客観的に書かれるはずの伝記などについても言えよう。

（2）テロリズムと文化的対立――グローバリズム対宗教的原理主義

二〇〇一年九月十一日のニューヨークにおける、イスラム原理主義者の同時多発テロは、まさにわれわれの意識のレベルを「虚構」から「現実」へと大きく傾斜させる契機になったと言えよう。それはもはや空想科学小説や娯楽映画の世界で起こる疑似戦争ではなく、二十世紀に起こった両大戦のように、原爆の悲劇や大量虐殺の恐怖を伴う実戦に近いという実感をわれわれの多くはいやおうなく持つことになった。それは、冷戦構造が突然崩壊したように、だれが予想したわけでもなく、起こるべくして起こったとしか言いようがない。このような歴史的悲劇に際して、政治学者や経済学者の多くは、因果関係による説明を試みるが、それにはあまり説得力がない。冷戦構造がほぼ終結したころ、異民族間の協調という形で社会主義国の理想的な存在であった旧ユーゴスラビアで起こった民族浄化の悲劇についてもほぼ同じことが言えるかもしれない。

われわれの共通認識はむしろ、これまで人類によって築かれてきた文明社会が歯止めの利かない暴力の連鎖によって崩壊し、人類がナチスの時代のように再び野蛮な状態に戻ってしまうのではないかというペシミズムであったかもしれない。あるいはまた、われわれは、「文明の衝突」というサミュエル・ハンティントンの定義に表面では反発しつつも、心の内ではその忌まわしい連想を受け入れていたのかもしれない。いずれにせよ、二十一世紀の人類が、芸術や文学をとおして世界平和を実現できるという甘い幸福感は少なくとも現実味を失いつつあると言えよう。一見すると、旧共産圏の解体以降、アメリカ型のグローバリズムが世界的な趨勢になりそうであったが、テロ以降、二十一世紀の前半は、グローバルな資本主義とイスラム原理主義の二極対立に支配されそうであるという危惧が高まってきた。

そうなると、言語の実験性、形式の革新性に高い価値を置くモダニズムやポストモダニズムの小説よりむしろオーウェルの『一九八四年』をモデルにした政治小説の復活もありうる。実際、東欧、アフリカ諸国、シリアなどからヨーロッパへの移民や難民の大量流入は、ヨーロッパ連合の不安定性を助長するだけでなく、ヨーロッパの主要国に排外主義的な傾向をもたらすと同時に、極右政党の成立をも可能にしている。旧冷戦構造に代わる、二十一世紀におけるこうしたイデオロギー上の対立は、エドワード・サイードの「オリエンタリズム」の概念とイアン・ブルーマの「オクシデンタリズム」のそれを対置するとさらに浮き彫りにされよう。そこからわれわれには、西洋が東洋をネガティブな紋切り型の文化概念で見ていたように、逆に東洋も西洋を、文化的デカダンスや産業主義による共同体の破壊の元凶として、一元的に、いわばある種の先入見によって同じく固定化していたことがわかる。「オクシデンタリズム」はイスラム原理主義のみならず、東洋のあらゆる反西洋思想、たとえば、日本浪曼派やその影響下にあった京都学派（いわゆる「近代の超克」を主張する学者グループ）の日本主義や復古主義をも含むのである (Buruma and Margalit 1–2)。確かにこれは、ポストコロニアリズムにおける旧植民地と旧宗主国の対立感情や両者の複雑な関係性を理解するうえでも重要である。

しかし、支配と被支配という観点から、一方を、文化的・政治的・経済的依存性と従属性に、他方を、同次元での支配性と優位性に還元する単純で、二分法的な比較では、流動的で、変化する双方の位置関係を十分理解することはできない。この場合でも、長期に及ぶ相互依存の社会学的概念が必要である (Elias 385–86)。たとえば、教育やコミュニケーションを通じて、二つの文化が交差し、交じり合うことで、新たな文化が生まれることもある。文学や芸術がその例である。旧宗主国が旧植民地の文化や芸術を学び、逆に旧植民地が旧宗主国の文化や芸術を学ぶことで双方に変化が生じることもありうる。そう意味では、宗主国が、必ずしも、植民地を経済的に収奪し、植民地の言語や文化を一方的に奪ったことにはならないケースもある。

昨今のグローバル化における文学や芸術の変化は、そういう意味で解釈することも可能かもしれない。たとえば、日本が一方的に西洋の文学を学んでいるわけではなく、日本の現代作家が翻訳をとおして西洋に影響を与える例もある（遠藤周作や村上春樹がその例である）。こうした現状を考えれば、二十一世紀には、とりわけ英訳によって世界の文学が同時に読まれ、小説が国境を越えて、新たな発展の方向たどることもありうる。本論集で議論されているポール・ボールズによる、イスラム系作家モハメド・ショークリの小説『パンのためだけに』の翻訳がその例であろう。

実際、現段階のわれわれは、二十一世紀を、「オリエンタリズム」と「オクシデンタリズム」の二項対立として、いわば「文明の衝突」という和解のない闘争の世界（ポストコロニアリズムもそのような傾向を含みうる）として捉えることもできる反面、逆に、グローバリズムの進展に伴って人類が友好的、かつ平和的に統合されつつある世界として見ることもできる。前者の例は、西洋の宗教文化と東洋のそれとの戦いではないが、カシミール地方におけるイスラム原理主義とヒンドゥー教との血なまぐさい抗争の歴史を描いたサルマン・ラシュディーの『道化役シャリマー』(*Shalimar the Clown*)、あるいは、アメリカに住むパキスタンのエリートがテロ事件以降、直面した文化的葛藤を描いたモーシン・ハミッド (Moshin Hamid) の『コウモリの見た夢』(*The Reluctant Fundamentalist*) のような小説かもしれない。また、後者の例としては、アメリカと日本の両方の文化的ルーツを持ちながら、特異な言語感覚によってその不思議な位相に迫ろうとするルース・オゼキの『ある時の物語』が挙げられよう。こうした傾向や状況は二十一世紀の英語文学においてもさらに顕著な形で見られるかもしれない。いずれにせよ、ポストコロニアリズムの観点による旧宗主国と旧植民地の二項対立的な比較はそのような柔軟な理解の可能性を阻む。

（3）二十世紀後半の英米文学の傾向を振り返って

次に、二十一世紀の文学的傾向について論じるための予備的作業として、第二次大戦以後の、とりわけ、六〇年代から八〇年代にかけての英米小説の動向に言及してみたい。まず戦後のアメリカ小説から簡単に見てみよう。アメリカでは、たとえば、ノーマン・メーラーのような作家が『裸者と死体』で戦争の暴力性、軍事機構の非人間性、人間を寄せ付けない自然の無関心などをジャーナリスティックな筆致で描き、戦後アメリカ文学の旗手として注目を浴びた (Bradbury 1992, 185–86)。さらに、現代文化の背後にある非合理主義的で虚無的なエネルギーの胎動が、北アフリカなどの外国に在住するアメリカ人作家によって——ポール・ボールズやウィリアム・バロウズによって——カウンター・カルチャーの運動を推進し、一方、国内ではそれがジャズや東洋思想の影響の下で、反体制的、かつ反産業主義的なビート・ジェネレーションと呼ばれる、新しい文学運動（その代表者は詩人のアレン・ギンズバーグと小説家のジャック・ケルアックである）へと発展することになった。それは、モダニズムの革新性を追求したヨーロッパの芸術刷新運動を、アメリカにおいて再現し、その精神を引き継ぐものであったと言えよう。さらにそのようなアメリカ的反体制運動の新局面は、ヘンリー・ミラーの教祖的な影響に引きずられ、六〇年代のいわゆるヒッピー・カルチャーとして開花した。

フィッツジェラルド、ヘミングウェー、フォークナー、ドス・パソスなどに代表される第一次世界大戦後のロスト・ジェネレーションの作家たちにも、すでにそうしたモダニズムの特徴は共有されていた。さらに、第二次大戦前後は、アメリカに移住した多くのユダヤ人作家（ベロー、マラマッド、フィリップ・ロス、サリンジャー、アイザック・シンガーなど）も戦後のアメリカ文学に、ホロコーストや反ユダヤ主義がもたらした人類の危機を、実存主義的な観点から問い直すという意味で、思想的厚みを加えることになった。彼らの多くは、「人間の条件」を探求するサルトル、カミュ、マルローらの哲学的文学性を引き継いだ。

また、すでに五〇年代にはリチャード・ライトを代表とする黒人作家が人種差別をテーマにした小説を書いていた（その代表的な長編小説に『長い夢』がある）。その後の公民権運動によるさらなる黒人作家の台頭とともに、トニ・モリスン、アリス・ウォーカーなどによる小説（『青い目が欲しい』や『カラー・パープル』）に見られるように、黒人文学はもはや単なる政治的反抗の文学ではなく、それ以前のハーレム・ルネサンスの文化的要求を体現すべく、独自の芸術性を提示することになった。たとえば、モリスンの最新作『神よ、あの子を守りたまえ』もたぶんにそのような傾向を帯びている。

加えて、フェミニズムの政治的勢力は、アメリカでは、たとえば、エリカ・ジョングやスーザン・ソンタグに代表される独特の女性作家、女性評論家の登場によって、七〇年代における文学的表現方法における新たな潮流に呼応し、いわゆるポストモダニズムの小説を生み出すことになったのは言うまでもない。その言葉の意味が、文学運動としてどのような特質を提示し、どれほど理解されたか、あるいは今後それがどう位置づけられるかは別にしても、その勢いは、アメリカではさらに実験的な文学の生産を促すことになった。八〇年代では、ポール・オースターやジェイ・マキナニーなどの小説が示すように、ニューヨークのような大都会は、ポストモダニズムの勢力とあいまって、アメリカ文学において、依然として無視しがたい魅力的な題材を提供し続けた。同じく、六〇年代から八〇年代にかけてブラックユーモアやアイロニーを駆使して人間社会の喜劇性や不条理性を描いたジョウゼフ・ヘラーやカート・ヴォネガットの貢献も重要である。

また一方では、地方に特殊化された、とりわけ労働者階級の日常生活の中に見られるリアルな人間的苦悩や人間同士の触れ合いを描こうとする、ミニマリズムと呼ばれる、リアリズムの変種もそのような流れの中で理解できる。レイモンド・カーバーが書いた多くの短編に見られるように、それは一見、人間生活の表面を描いているようだが、その底にある深淵性と結びついており、そうした二重の探究はトマス・ピンチョン、ドナルド・バーセルミのような実験的な作家との類縁性も示唆している (Bradbury 1992, 269)。

また、ゲイ（その代表としてデイヴィッド・リーヴィットが挙げられる）、レズビアン、トランスジェンダーなどを扱った異色の文学も文学作品としての正統性や市民権を求めているのがアメリカ文学の現状であり、アフリカ系アメリカ人はもとより、ネイティヴ・アメリカン（アメリカインディアン）、ヒスパニック、アジア系アメリカ人（たとえば、ベトナム系アメリカ人女性作家ラオ・カンの『モンキー・ブリッジ』、『蓮と嵐』ではベトナム戦争の悲惨な体験が自伝風に綴られている）などを入れれば、いわゆるポストコロニアリズムの問題をさらに継承し、その意味を新たに問い直す、文化的土壌や文化的背景がアメリカにあることは事実であり、これらの人種的、民族的混交・融合が、二十一世紀の文学全体の方向とその発展に無視できない影響を与えることも確かであろう。

これに対して、第二次大戦以降、イギリスではどのような変化が文学や芸術に生じたのか。戦勝国ではあったものの、イギリスは、戦争による多大な経済的損失によって、かつて大英帝国が維持していた政治的、文化的指導力を失い、植民地の相次ぐ独立とも重なり、その影響力の低下に拍車がかかった。かくして、戦後は、政治的、経済的、文化的優位性がイギリスからアメリカに移った。かつての支配階級の後退は――依然として古い階級制度の残滓があったとはいえ――一方では、昔の生活への懐古を助長すると同時に、他方では、福祉社会の理念に見られるように、民主主義的な社会制度の受け入れを余儀なくさせた。が、戦後もしばらく続いたイギリスの耐乏生活は、「豊かな社会」を標榜するアメリカの消費社会と比較すると、過去の栄光にそぐわないように見えた。

たとえば、デイヴィッド・ロッジの自伝的小説『防空壕から出て』(*Out of the Shelter*) は、英米の経済生活の格差、それが英国人の精神生活に与える微妙な影響を、日常生活のさまざまな局面でうまく描いている。ともあれ、戦後のイギリスは、冷戦構造の長期化もあり、アメリカとともにヨーロッパ（イギリス）の民主主義を守り、その枠内で文化的再生を図ることになった。そういう意味では、オーウェルの『一九八四年』によって惹起されたかもしれない反共平和主義的な世界像とその文学的手法が小説の有効な表現方法として受け入れられたとしても不思議ではない。

このような状況で、五〇年代にはアラン・シリトー、キングズリー・エイミス、アンガス・ウィルソン、ジョン・ウェイン、ジョン・ブレイン、アイリス・マードックなどに代表される一連の「怒れる若者たち」の小説が出現した。この新たな若者たちの文学運動は、実存主義の影響もあり、コリン・ウィルソンの作品に見られるような哲学的な内容を持つもの、また、トム・マシュラーが編集した『若き世代の発言』(*Declaration*) が示すように、反体制的、反階級的世界観を表明する──それはジョン・オズボーンの戯曲『怒りをこめて振り返れ』の主張に呼応する──ものも生み出した。とはいえ、彼らの文学的傾向や手法は、ルービン・ラビノヴィッツの言葉を使えば、「実験に対する反動」であり、それは、輝かしいモダニストの実験的精神を捨てて、現代英国小説が十九世紀のリアリズムの世界へ、あるいは、リチャードソンやフィールディングが十八世紀に開拓した「ピカレスク小説」に回帰することを意味した (Bradbury 2001, 275)。

しかし、そのような一般論に対して、一方では、その間、実験主義的な精神が英国小説においても失われることなく、継承されつつあったという見方もされていた。マルカム・ラウリー、ロレンス・ダレルらの幻想的な世界、B・S・ジョンソンの作品制作・構成における型破りで、奇抜な発想や方法 (Bradbury1990, 165–83)、あるいは、ウィリアム・ゴールディングの「寓意小説」は、そのような見解を立証するものであった。他方では、イギリスにおいても七〇年代、八〇年代はフランスの構造主義が小説の解釈、文学批評の方法に大きな影響を与えた。とりわけ、ロラン・バルトの「作家の死」、「小説の死」という標語は、作家の個人的存在の唯一無二性や作家固有の文学的資質の独自性に疑問を投げかけ、ポストモダニズムを模索するその方向性は、さらに、従来のリアリズムの方法の衰退に拍車をかけた (Bradbury 1989, 21)。

このような潮流の中で、ヨーロッパやアメリカのポストモダニズムに対抗して英国小説の復権を求める声も上がった。ロッジは、『岐路に立つ作家』(*The Novelist at the Crossroads*)、『構造主義との共同作業』(*Working with Structuralism*)、『現代文学の様式』(*The Modes of Modern Writing*) などで、また、マルカム・ブラッドベリーは、とりわけ『反ブルームズベリー論』(*No, Not Bloomsbury*) で積極的な批評活動を継続するとともに新しい小説の創造に取り組んだ。パロディやユーモアを駆使しながら、現代世界のさまざまな様相や動きを、大学という社会に縮図化した彼らのいわゆる「キャンパス・ノベル」は、本質的にはリアリズム小説の性格を多く残しながらも、新しい小説への気運を高めることになった。『交換教授』から『小さな世界』を経て『素敵な仕事』へと続く、ロッジの「キャンパス・ノベル」三部作、ブラッドベリーの『歴史人間』(*History Man*) や『貨幣交換率』(*Rates of Exchange*)、『カット』(*Cuts*) などは、その貴重な所産であり、言語の実験性という点で、モダニズムやポストモダニズムの流れを継承すると同時に、リアリズムの伝統の重要性も示唆するものである。

小説研究の意義を、人生や社会の探求よりもむしろ、作家が使用する言語の分析に求めながらも、モダニズムの方法（メタファーの使用）とリアリズムの方法（換喩の使用）を対立的なものではなく、多くの場合、特定の時代とは関係なく、作家の創作方法において共存しているものとするロッジの見方は、彼自身の「キャンパス・ノベル」の方法と合致するものである (Lodge *The Novelist at the Crossroads* 86–7, *Working with Structuralism* 72–4)。一方、ピーター・アクロイドは、七〇年代から八〇年代にかけてアメリカ文学で起こった言語の実験性がマンネリ化し、その魅力を失うと、逆に英国小説に特徴的な人間主義的な関心が復活するという見解を主張する。彼によれば、それはリーヴィス的な「伝統」への回帰というよりもむしろ、相対立する思想や価値観（たとえばカトリック主義と清教徒主義）の共存を認める英国の妥協的な精神風土から発生するものであり、それが英国の芸術や文学の偉大な生命力を生み出すのである (Ackroyd 321–37)。さらにまた、G・G・マルケスの影響を受けたラシュディーやアンジェラ・カーターなどはそのマジックリアリズムの方法を応用し、経験主義的な英国小説の風土に新風を吹き込み、ポストモダニズムに合流した (Bloom 67–68)。

加えて、現代英国小説の変化や発展は、多くの女性作家の活躍とも重なる。英国では言うまでもなく、十八、十九世紀にはジェイン・オースティン、ブロンテ姉妹、ギャスケル夫人、ジョージ・エリオットなどの優れた女性作家が輩出した。その基本的な形は現代でもさほど変わらず、たとえば、フェミニズムの影響は、アメリカのみならずイギリスにおいても多大であり、ドリス・レッシング、マーガレット・ドラブル、A・S・バイアット、アンジェラ・カーター、ミュリエル・スパーク、エドナ・オブライエンらの作品に多様な形で反映されおり、マーガレット・アトウッドやナディン・ゴーディマなど英連邦の女性作家もその面では多大な影響を与えた。また異色のレズビアン作家ジャネット・ウィンターソンなどもその流れに合流する。近年のブッカー賞（現在ではマン・ブッカー賞と呼ばれている）の受賞や候補者に多くの女性作家の名前が挙がっているのもこうした発展の証左であろう。

そのほか、オーストラリア、カナダ、パキスタン、インド、カリブ、アフリカ、アジアの英連邦を構成する国々の作家の活躍は、現代文学の多様性がアメリカのみならず、英国にもあることを示すものである。もちろんそれは英国がかつて多くの植民地を持っていたことと無関係ではない。ラシュディーはもちろん、V・S・ナイポール、J・M・クッツェー、ベン・オクリ、マイケル・オンダーチェ、アルンダティ・ロイなど英連邦出身で、ブッカー賞を受賞した作家は少なくはない（Massie 1–2）。とりわけ、ナイジェリアの二人の作家エイモス・チュツオーラやチヌア・アチェベの活躍は五〇年代後半から六〇年代にかけて（ブッカー賞が設立される以前）、英国でもすでに注目され、前者は、アフリカの原野での民族の物語を独特のスタイルで描き、後者は、ナイジェリアの植民地状況を、二〇年代から六〇年代中期を経て、独立の時代に至るまで、簡潔、かつ明快な言葉で描写している (Ratcliffe 29–30)。加えて、イアン・マキューアン、マーティン・エイミス、ジュリアン・バーンズ、グレアム・スイフト、ウィリアム・ボイド、カズオ・イシグロなど七〇年代から八〇年代にかけて若手としてデビューした英国人作家も今なお健在であり、その文学的貢献度は高い。さらに少数とはいえ、ハワード・ジェイコブソン、クライブ・シンクレアなど、彼らとほぼ同時期に作品を発表し始めたユダヤ系作家の名前も挙げておく必要があろう。

（4）二十一世紀の英語文学の多様性

これまで二十世紀中期から後期にいたるまでの英米文学の動向を振り返り、それに関連する代表的な小説家――有名な作家が何人か省略されてはいるが――に言及してきたが、現代小説の発展の歴史は、両国において、たとえば、民族的多様性や女性作家の進出の点からすれば、同じとまでは言えないが、ほぼ似たような過程をたどっている。こうした状況は、コンピュータに代表される情報社会のグローバルな拡大によってさらに拍車がかかっている。紙媒体から電子書籍の普及による出版形態の変化、ウェブサイトによる情報の共有化、英訳による世界文学（個性を持つ文学が触れ合い、促進し合うというゲーテの定義とは違う意味での世界文学）の同時化などで、これまで英文学と米文学の間に引かれていた境界線が消え、さらに、支配的な地位を占めていた文学と、これまで周縁的と見なされていた文学が融合し、混交することによってハイブリッドな二十一世紀の英語文学が生まれる土壌が形成されている。たとえば、それは近年多用され、かなり定着しているポストコロニアリズムやネオコロニアリズムのような批評用語――その言葉そのものにはそれほど大きな意味があるわけではないが――に象徴されているように思われる。そのような状況での作家の役割、作家と読者の関係、文学批評と文学研究のあり方などがよりいっそう問われることになろう。文学研究そのものがあまりに高度化、かつ専門化し、それによって専門家と一般読者との乖離がさらに広がれば、文学に内在する自由な発想や解釈は重要視されなくなるかもしれない。オルダス・ハクスリーはすでに学位取得のための文学研究に疑問を提示し、そうした傾向を憂慮していた (Huxley 135)。少なくともこうした状況に直面しているわれわれにとってブラッドベリーの次のような発言は大きな意味を持つかもしれない。

圧力がどのようなものであれ、小説は実際、相変わらず多様であり、生命力を持っている。小説は、世界の最も輝かしい伝達技術の一つに依存している。つまりそれは本である。それはある微妙なもの、真実や親密さ、創造的な一貫性とエネルギーを表現できるのであり、テレビの画面や映画からは得られないものである。それは深い人間的影響力、道徳的で政治的な英知を表現できる。われわれは、依然として小説家が僧侶、予言者、教祖になってくれることを望み、われわれを人生の深みへと導いていることを求めている。小説は、フィクションであり、フィクションは独特の形をしたテクストである。それは、純粋な語りでもないし、歴史でもないし、伝記でもないし、ルポルタージュでもない。それは対話やドラマや創造的な発見の場なのである。(Bradbury 2001, 542)

さらに、小説の未来に関連する次のようなコリン・ウィルソンの発言にも注目すべきであろう。

必要なのはただ、小説家は自分の真の目的を認識すべきであるということである。それは、現代の歴史の無用性や無政府状態の「膨大なパノラマ」を単に反映することではなく、人間の想像力を解放し、人間がどのようなものになりうるかを人間に垣間見させることである。芸術作品とは魔法の鏡であり、その中で人間は自分自身の魂を見ることができる、とバーナード・ショーが言うとき、ショーが何を意味しているかを小説家は理解するようにならなければならない。そして、小説家がそれ理解したとき、小説家は、自分の魔法の鏡が、さらに有益な機能を有していることを発見するだろう。つまりそれは、人間の進化の未来の方向を明らかにすることである。(Wilson 241)

どの社会でも小説は元来、大衆的な娯楽から始まったものであり、韻文で書かれた古典的な叙事詩などに比べれば、その地位はさほど高くはなかった。しかし、「虚構」による現実の芸術的な再現手段として、小説は徐々にその地位を高めることになり、現在では、文化的、政治的、哲学的探求の手段としてのみならず、人間社会のあらゆる問題を扱う権利を獲得するようになった。そして、「現実」と「虚構」の、この不可分の有機的な関係が現代小説固有の特徴になった。小説の役割はあくまでも現実の虚構化であり、現実そのものを描くことではない。しかし、作家である他者が作り上げたその虚構性をとおして、何か現実的なものを、過去においても現在においても、さらには未来においても、読者に提示してくれるという点で、小説はいつの間にか不思議な魅力を持つようになった。

それこそまさに小説が〈ノヴェル〉とか〈ロマン〉と呼ばれる所以であろう。そこに映し出されるのは、自己と他者の、換言すれば、読者と作家の相互依存関係が織り成すドラマであり、そのドラマを魅力的なもの、意味あるものにしているのは、こうした両者の、ある種の、力学的で弁証法的な位置関係である。作家は自らの新奇で、想像力あふれる世界を、虚構をとおして読者に開示し、読者は作家である他者が創造したこの架空の世界に、それぞれの立場から、何らかの現実的な意味を汲み取ろうとする。そういう意味では、「作家」と「読者」は、別個の機能を持った、独立した存在ではなく、こうした相互依存関係の中で共通の価値観やメッセージを交換し合うことによって、まさに「読者」が「作家」に、「作家」が「読者」になることによって、小説空間にある種の緊張感をもたらすのである。こうした関係こそ二十一世紀の小説のさらなる発展の原動力になるであろう。

最後に本論集で扱われた小説についてごく簡単に触れておきたい。二〇一三年と二〇一四年にそれぞれマン・ブッカー賞を獲得した二つの小説、エリナー・キャトンの『綺羅星』とリチャード・フラナガンの『おくの細道』は文字通り二十一世紀を代表する歴史小説と言えよう。一方は一八六〇年代のニュージーランドのゴールドラッシュが、他方は第二次世界大戦中の日本軍による捕虜虐待で悪名高い泰緬鉄道建設が小説の舞台であるが、それぞれ複数のプロットと複雑に入り組んだ人物関係の点で工夫が見られる。前者は、金塊をめぐってさまざまな人間の欲望や陰謀や策略が導く謎の殺人事件を扱った推理小説、探偵小説であり、事件の全容は英国人法廷弁護士による一人称の視点で語られる。が、八百ページを超えるこの小説の結末は迷宮入りとなる。後者は、鉄道建設そのものの歴史的インパクトというより、それをめぐって展開されるオーストラリアと日本の軍人、および軍属として働かされる朝鮮人の多様な人生のドラマを、芭蕉や一茶の俳句と絡み合わせながら描いた、意欲的な長編小説である。

ルース・オゼキの『ある時の物語』も日本とアメリカの歴史的関係の問題性に暗に触れているようであるが、従来の日系移民に共通するつらい過去を想起させるものはあまりなく、物語の中心はむしろ両国の「間文化的」視点に置かれ、物語そのものは「エクソフォニー」と呼ばれる新種の言語操作、ある種の「言葉遊び」によって綴られる。が、ここでも道元の哲学への言及や日本の「わらべ歌」の引用は、作者自身の個人的な「ルーツ探し」、「アイデンティティの模索」のようでもある。モロッコの作家モハメド・ショークリの『パンのためだけに』（ポール・ボールズによる英訳）は、歴史性という点では、植民地が経験した負の遺産を、個人が味わった、想像を絶するような貧困・暴力・退廃を、植民地全体の悲しい運命に還元していることで、また主人公自身の教育による自己再生と復活が教養小説風に仕上げられていることから、ポストコロニアリズムの代表作として位置づけてよかろう。

多少、大雑把ではあるが、文学と伝統、過去の小説の再虚構化という枠組みで、キャリル・フィリップスの『ロスト・チャイルド』、ジュリアン・バーンズの『アーサーとジョージ』、A・N・ウィルソンの『わが名はレギオン』およびジュディス・キッチンの『エクルズ道路の家』の四作を論じることができよう。『ロスト・チャイルド』は、とりわけその最初と最後の部分に『嵐が丘』の男性主人公ヒースクリフの孤児という伝記的設定が「間テクスト性」戦略の一環として使われ、実質的な物語は、オックスフォード大学を卒業した後に母国カリブの大学で教える男性と英国のインテリ女性の結婚、その破局、彼らの子供たちが英国社会で経験する厳しい現実などを軸に展開される。その底流には人種差別というポストコロニアリズムのテーマがあるが、一方では、離婚した女性と彼女の子供たちとの生活の時間的推移がポップミュージシャンの名前で暗示される、という工夫もある。『アーサーとジョージ』も探偵小説家アーサー・コナン・ドイルの伝記に依拠したノンフィクションである。社会階級も環境も違う二人の登場人物の生活が、最初の二つの章では交互に描かれ、その後、二人のストーリーが同時に展開されたり、再び個別化されたりして、作家自身の手法上の工夫が見られる。インド系英国人であるジョージの苦難と屈辱の生活が、人種差別に起因するという点では、この小説もポストコロニアリズムの問題を共有している。

『わが名はレギオン』もまたイーヴリン・ウォーの父親と息子のテーマをさまざまな意味で踏襲し、かつ発展させた意欲的な長編小説であり、父親と息子の複雑な関係が、フロイトの心理学から引き出される息子の人格形成上の欠陥、いわゆる多重人格性を惹起するという点で興味深い。また、ここで描かれている息子（ピーター）の出自がカリブ海出身者の血を引くという点で、彼の悲劇がヒースクリフのそれを想起させ、かつポストコロニアリズムの問題性を浮き彫りにする。『エクルズ道路の家』ではジョイスの『ユリシーズ』の女性主人公モリーが、因襲的な家庭生活に閉じ込められた女性ではなく、独立し、自由な選択を与えられた現代女性として甦り、「意識の流れ」による自己告白を披歴するという点で、二十世紀の文学と二十一世の文学の間に紐帯があることを証明している。

カズオ・イシグロの『忘れられた巨人』は、アーサー王伝説に関連するケルト人とサクソン人の戦いをヒントにした独創的な神話的物語であり、悲惨な戦争の後、主人公の夫婦は「忘却された記憶」のうちに暮らしている。ここでは、個人の記憶というよりも、「共同体」の記憶が問題であり、さらに「共同体の忘却された記憶」は、原爆の悲劇を経験したイシグロの生まれ故郷である長崎の戦後における、また将来の日本における、人々の生活意識にとって重要な試金石である。掘り起こされた記憶はどこの国でも必ず憎しみや争いの原因になるが、それをわれわれはいかに和らげ、平和な暮らしを維持することができるのか。これが、記憶を埋めた共同体への問いかけとなる。ミュリエル・スパークの『死を忘れるな』は、一九五九年に出版された小説であるが、高齢化社会を迎えた多くの産業国家が経験する深刻な問題を提起している点で、二十一世紀の社会でも読まれうる小説であろう。こちらは「忘却」ではなく逆に「記憶」の重要性を強調する。しかし、実際には、死を忘れることでしか人間は生きられないことも事実である。この小説は、宗教的にはカトリックの問題とも重なるかもしれないが、本来的にはユーモアや皮肉にあふれた伝統的な英国小説のカテゴリーに属するとも言えよう。

引用参考文献

Ackroyd, Peter. *The Collection,* ed. Thomas Wright. London: Chatto & Windus, 2001.

アルベレス、R・M　加納晃訳『二十一世紀への文学』（紀伊国屋書店、一九七六）

アルベレス、R・M　新庄嘉章、平岡篤頼訳『現代小説の歴史』（新潮社、一九六五）

Bloomm Clive and Gary Day, *Literature and Culture in Modern Britain*, vol 3: 1956–1999. London: Longman (Pearson Education), 2000.

Bradbury, Malcolm. *No, Not Bloomsbury*. London: Arena, 1989.

Bradbury, Malcolm. ed. *The Novel Today*. London: Fontana, 1990.

Bradbury, Malcolm. *The Modern American Novel*. Oxford: Oxford University Press, rev. 1992.

Bradbury, Malcolm. *The Modern British Novel*. London: Penguin Books, 1994.

Bradbury, Malcolm. *The Modern British Novel: 1878–2001*. London: Penguin Books, rev. 2001.

Buruma, Ian and Avishai Margalit. *Occidentalism: A Short History of Anti-Westernism*. London: Atlantic Books, 2004.

Elias, Norbert. *The Civilizing Process*. Oxford: Blackwell, 2000.

Huxley Aldous. *Proper Studies*. London: Chatto and Windus, 1957.

Lodge, David. *The Novelist at the Crossroads*. London: ARK, 1986.

Lodge, David. *Working with Structuralism*. London ARK, 1986.

Massie, Allan. *The Novel Today: A Critical Guide to the British Novel 1970–1989*. London: Longman, 1990.

Ratcliffe, Michael. *The Novel Today*. London: Longman, 1968.

Wilson, Colin. *The Craft of the Novel: The Evolution of the Novel and the Nature of Creativity*. Bath: Ashgrow Press, 1990), p. 241.

第一部

二十一世紀の歴史と小説

第1章

エリナー・キャトン『綺羅星』と、その創作方法
――ニュージーランドのゴールドラッシュとサスペンスの技巧

倉持　三郎

1　はじめに

本論ではニュージーランドの作家エリナー・キャトン (Eleanor Catton) の二〇一三年度マン・ブッカー賞受賞小説『綺羅星 (*The Luminaries*)』を取り上げる。そして、とくに、その創作の方法を考察する。作者は大学の創作学科の出身であり、また、現在も創作の指導に当たっている。このことは、この作品においても、かなり創作の方法を意識していることを意味する。本論はこの点に着目して、『綺羅星』を自己の創作方法の実践作と位置づけ、この点から、今日、小説は何を書くのか、どうすれば読者にアピールするのかという問いに対する解答を読みとってみたい。

まず、小説を書く場合は題材を何にするかが問題になる。無論、題材は無限にありうる。たとえば、ジェーン・オースティンの場合、女性の結婚が中心になることが多い。モダニズムの作家の場合、「意識の流れ」も題材になる。キャトンは題材として歴史的事実を選んだ。それは、当時イギリスの植民地であった、ニュージーランドの一八六〇年代のゴールドラッシュである。それはカルフォルニアのゴールドラッシュほど知られていないから、読者の興味を集めると考えたろう。あるいは、自国の当時の様子を知ってほしいと考えたろう。

作者の「あとがき」によると材源は主に、ゴールドラッシュの研究書であるエルドレッド・グリッグ『金鉱集団採掘夫、個人採掘夫、売春婦』である。ゴールドラッシュがこの作品の背景にあるのはあきらかだが、さらに原住民マオリ族や移住してきた中国人の白人に対する視点を描くことも忘れてはいない。

題材と同時に作者はその語りの方法に工夫を凝らした。ともすれば無味乾燥に流れがちな歴史の記述を読者に読ませる技巧として作者はサスペンスの技巧を用いた。これは従来の小説でも使われてきた技法であり、推理小説が好んで用いている方法である。

作品の第一部の冒頭の一八六六年一月二七日、ニュージーランド南島の西海岸ホキチカ港に下船したウォルター・ムーディという若いイギリス人法廷弁護士がホテルのロビーに入ると一二名の種々の服装をした男たちがなにやら秘密めいた話を交わしている。その中には中国人二人とマオリ族の男もいる。

山中の小屋で急死した男がいた。病死か他殺か。その小屋に金の延べ棒があった。その急死した男は独身の隠遁者だと思われていたが、その男の妻という女性が名乗り出て、その金は自分のものであると主張した。男とその女性の関係は何であったのか。読者はその謎につられて読んで行く。読み進むうちに当時のニュージーランドの社会状況、白人とマオリ族、中国人の関係を知ることになる。八百頁を越える長い作品だが、さして退屈しないで読むことができる。「因果関係」(Forster 82) というプロットが小説に重要だというE・M・フォースターの小説論を例証している作品である。その点ではモダニズムが否定したプロットを評価し、プロットは小説では簡単には消滅することはないことを示している。だが、すべての謎解きが示されるわけではない。謎のままにされている事件もある。この点ではきれいに解決される推理小説とは違う。フォースターが自分の小説論の根拠とした『アラビアン・ナイト』のシェヘラザードのように謎を残さないと飽きられてしまうという理由があったのだろう。

2 ゴールドラッシュと植民地

まず、題材として小説の背景にある一八六〇年代のニュージーランドの状況を述べたい。

ニュージーランドは一七世紀にオランダ人タズマンによって視認された。東南アジア系の原住民のマオリ族は「一三世紀に移住してきた」(Smith 1) と考えられている。一八世紀にクック船長が上陸し探査してからイギリス人の移住は始まった。キリスト教の牧師が宣教をはじめた。

ヨーロッパから鉄砲が輸入されるようになると、それまでの部族間の抗争がこの新兵器を使った「マスケット戦争」に発展した。一八〇六年から始まり、約四十年続いた。(1)

一八四〇年の時点で「マオリ族の人口は一〇万人、非マオリ族は二千人」(Smith 78) と推定されている。イギリスはニュージーランドを植民地にするため一八四〇年、マオリ諸部族の部族長を招集して三条からなるワイタンギ (Waitangi) 条約を締結した。マオリ語と英語を正文とする。一．マオリ族はイギリス女王に支配権（主権）を譲渡する。二．イギリス女王はマオリ族の土地財産の保有を保証する。ただし土地は双方が同意した価格でイギリス女王に売却されるものとする。三．イギリス女王はマオリ人に英王国臣民と同等の権利を保証する。(Smith 48)

マオリ族は慣習に従って社会生活を営んでいたので、イギリス人から見ると「無法」社会であったから、イギリス人は国法を制定した。一八四一年に最高裁判所、上訴裁判所、微罪裁判所が設立された。(2) 作品中には一番下級の裁判所である微罪裁判所や、裁判のことがしばしば言及される。視点人物であるムーディが法廷弁護士であることも含めて、当時のニュージーランドは無法の土地ではなくて法の支配があったことを作品は強調している。一八五二年に憲法が制定されイギリス風の議会制度ができた。

ワイタンギ条約は正式な条約であることは否定できないが、現在においてもマオリ族には不満がくすぶっている。マオリ族から言えば、不当に土地を収奪されたという思いもある。

この作品でも「その六年後、彼ら（ポーチニ・ヌガイ・タフ族）はその売買は明らかな窃盗であることを知った」(Catton 98–9)

一八六一年にニュージーランド南島のオタゴーでゴールドラッシュが始まった。アメリカ、オーストラリアだけではなくてイギリス、アイルランド、ドイツなどから採掘者が集まってきた。実際に採掘する人だけではなくて、家族、そしてブームに乗じて商売をするものや、売春婦が集まってきた。ゴールドラッシュ時の中国人数は「五千人」(Smith 82) である。一八六四年にはオタゴーから山脈を越えた西海岸で金が発見され、そこでもゴールドラッシュが起こった。本作品の主な舞台は、この西海岸地域である。

オーストラリア、ニュージーランドにおいては、埋蔵されている金塊はイギリス女王の所有物であった。したがって政府が、賃金を払って労働者を使って発掘させ、政府の所有にすることはできた。しかし私有地の場合は問題が生じる。国営の事業として行うことをやめて個人の事業として発掘させて、その上で課税するという方式を取った。金採掘のための「権利証料金」(Eldred-Grigg 39) は年一ポンド (Eldred-Grigg 54)、採掘した金に対する課税は一オンス（二八グラム）で一ポンド。したがって採掘した鉱夫は申告して納税しなければならない。(Eldred-Grigg 54) また国外に持ち出すものには価値の「約三パーセントの輸出税」(Eldred-Grigg 39) を課税する。脱税のため、作品にあるように衣服に縫い付けて持ち出そうとする。

作品の登場人物のひとりアナ・ウェザレルは売春婦であったが、売春そのものは違法ではない。しかし売春宿を経営するのは違法であった。(Eldred-Grigg 390) ホテルは表向きは売春宿ではないが、客を取る場所の働きをした。売春婦の料金は一回ないし、一晩、一五シリング（二〇シリングが一ポンド）から二ポンドが記録されている。

アナはシドニーでバーの女給をしていた。バーメードは賄い付きで週給一乃至三ポンド。ふつうの家の家事手伝いが賄い付きで一年に十ポンドであった。(Eldred-Grigg 371)

料金が出て来るので貨幣価値に触れておくとイギリスで一八五五年から六六年にかけて財務大臣をしたウィリアム・グラッドストーンは「年収百ポンドが教育を受けた階層と労働者階層の境界線」(Matthew 127) であると述べた。作品中では、またたくまに四千ポンド相当の金を採掘した男がいるが、その額は四十年間、教育を受けた階層が最低の生活ができる額である。

この作品でしばしば言及されるアヘン吸飲は、作品が扱う時期には規制がなかったが、話が終わった四か月後の、一八六六年九月六日にアヘンを毒物と認定する「毒物販売法」が制定されて制限され始めた。(3)

3　作品の中の時間の操作

作品ではフラシュバックの手法がよく使かわれ、時間が行きつ戻りつするが、場面ごとに年月日が示されているので紛れはない。場所は経度、緯度を示すことで明示する。また天動説で使われる黄道上での太陽の位置によって月をあらわすこともある。

次にこの作品のパートとその中の章を時間の経過にしたがって並べてみる。

一八六五年四月二七日（第四部の一、全六頁）
一八六五年五月一二日（第五部、全三八頁）
一八六五年六月一八日（第六部、全二六頁）
一八六五年七月二八日（第七部、全一三頁）

一八六五年八月二二日（第八部、全一〇頁）
一八六五年九月二〇日（第九部、全六頁）
一八六五年一〇月一一日（第一〇部、全七頁）
一八六五年一二月三日（第一一部、全六頁）
一八六六年一月一四日（第一二部、全四頁）
一八六六年一月二七日（第一部、全三六〇頁）
一八六六年二月一八日（第二部、全一五八頁）
一八六六年三月二〇日（第三部、全一〇八頁）
一八六六年四月二七日（第四部の二、全六二頁）

作品は一二部に分かれているが、同じ部でも、違う年月日が入っている。ここでは、年月日を中心に並べた。作品の場面の順序は一八六六年一月二七日から始まり、同年の四月二七日まで続き、そのあと、ちょうど一年前の四月二七日に戻る。時間的前後関係は錯綜するが、極端は避けていると考えられる。

ただし、冒頭が一八六六年一月二七日で始まり、最終章がその二週間前の一月一四日であることなど、それほど単純なプロットではないと読者に警戒させることも忘れない。伝統的方法とモダニズムの手法を適度に混ぜた方法であるといえよう。

4　謎を掛ける　主に第一部（一八六六年一月二七日）

以下、サスペンスをつくる謎の例として六つの場合をあげる。

（1）エムリー・ステーンズとアナ・ウェザレル

第一部で一二人によって話されているのは四千ポンドの金を採掘したとされるステーンズの行方である。行方不明になってから二週間位経つ。殺されて埋められ、金の延べ棒を奪われたのではないか。そして遺体はどこかに埋められたのではないか。

他方、行方不明のステーンズの消息を知るため、新聞の尋ね人欄に売春婦であるアナが広告を出した。死んだと考えるならば、警察に捜索願いを出すはずである。新聞の尋ね人欄でさがすということは生きているということである。

次では一二人中のバルフォアとフローストが言葉を交わす。

バルフォアは体をこわばらした。「死んだのか？」

「いや」とフロストは言った。「消えただけだ」

「どうして？　いつの話か？」

「二週間前だ」(Catton 110–111)

他方、広告を出した売春婦のアナは二週間前に酔態で路上にいた罪状で逮捕された。

（2）クロズビー・ウェルズとリディア

第一部で、山中の小屋で隠遁者のクロズビーが死んでいて、その小屋には四千ポンド相当の金の延べ棒があることが分かった。すると時を移さずリディアなる女性が自分がクロズビーの妻であるから、その金は自分のものであると名乗り出た。クロズビーは独身ではなかったのか。「しかし、まだインクが乾かないうちに、妻が現れるとは。その日まで誰も妻がいることを知らなかった。彼女は結婚証明書をもっている。それにはリディア・ウェルズという署名がある」(Catton 64)

なぜリディアは別居していたにもかかわらず、「郵便局が電報を打ったように」クロズビーの急死を知ったのか。とかく悪い噂の絶えない船長で犯罪歴のあるフランシス・カーヴァがあやしい。

（3）金の延べ棒の贈与証

第一部の一八六六年一月二七日、教誨師のデヴリンがクロズビー・ウェルズの小屋で焦げた一枚の証文をみつけた。ステーンズがアナに二千ポンドを贈与するという証文だ。「一八六五年一〇月一一日、サウス・ウェールズ州に居住したアナ・ウェザレル嬢にステーンズが二千ポンドを贈呈するものなり。証人はクロズビー・ウェルズ」(Catton 91)

クロズビーが証人として署名しているが、ステーンズ本人の署名がない。だから法律上は無効。これは何を意味するか。

焦げているのは誰かが焼いてしまおうとした証拠だが、誰が焼こうとしたのか。

(4) クロズビーはなぜ隠遁していたのか。

第一部の一八六六年一月二七日以前はクロズビーはひとりで山の中に住んでいて製材などをしていた。リディアの夫であったならばどうして別居していたのか。

(5) ドレスに縫い付けられた金の延べ棒

商船を数隻所有している富豪ラウダバックは自分の名前でメルボルンに送られる船の積荷に、自分が知らない物が入っているのを知った。女性用のガウンに金の延べ棒が丹念に縫い付けられてあるのだ。「金の延べ棒はケースの中の、ガウンの下におかれてあっただけではない。ドレスの縫い目に縫い込まれていたのだ」(Catton 74) 誰が縫い付けたか。何のために縫い付けたか。また他方、一八六五年六月に顔に切り傷のある男が新聞社を訪れ、船に積んで送った箱が行方不明だ。見つけて届けてくれれば「二〇ポンドの謝礼をする」(Catton 203) と言う。名前を聞くとクロズビー・フランシス・カーヴァだという。クロズビー・ウェルズと名前は似ているが少し違う。

（6）中国人はなぜ恨むのか

第一部で中国人スク・ヨンシャン（アー・スク）に言及される。「彼、スク・ヨンシャンは敵討ちとしてカーヴァの命を取ることを誓った」(Catton 264) とある。アー・スクはアヘン窟の経営をしていた。アナもそこで吸ったり買ったりしている。カーヴァにたいしてどういう恨みがあるのか。

5　謎が解かれる

前節では謎であったものが、小説の進行とともに解かれていく。（次の番号は前節との対応を明確にするためである）

（1）ステーンズとアナ

第一部の一八六六年一月二七日の時点では殺されたのではないかと噂されたステーンズとその行方を尋ね人欄に出したアナであるが、第四部の一八六五年四月二七日の所に登場することで関係が明確になる。アナはシドニー生まれで二一歳。バーの女給であったが、ニュージーランドのゴールドラッシュの噂を聞いて船でひとりニュージーランド南島の東側のダナディーン市の港に向かう。たまたま船上で、アホウドリを見て、ひとりの青年と口をきく。

「きれいですね」と彼女は言った。「ヒメウミツバメですか。シロカツオドリですか」「アホウドリですよ」若者の顔は輝いた。「本当のアホウドリですよ」(Catton 626)

その青年はその時は名前を名乗らなかったがエムリ・ステーンズだった。

アナが船から降りると一人の女性に声をかけられた。あとでわかったがリディア・ウェルズという女性であり、若い女性を物色していた。売春婦にするためだったのだろう。自分の住まいに空き室があるから泊まるようにと言葉巧みに誘った。アナは知り合いもなかったのでその誘いに乗った。

アナとステーンズは生年月日が同じ、同じくシドニーに生まれた。違う道をたどったが、後で恋仲になる。ステーンズはフランシス・カーヴァと知り合い、どんな男か知らないで、共同出資してオーロラという鉱区を手に入れる。そこで、またたくまに四千ポンド相当の金を採掘するが、カーヴァの正体がわかったので金を採掘したことを隠す。そして自分しか知らないマオリ族の土地に埋める。これは脱税行為でのちに裁判で有罪の判決を受けた。カーヴァに渡すべきであった二千ポンドをアナに贈与するという証文をのちにクロズビー・ウェルズを証人として作成する。

一八六六年一月一四日（第一二部）ステーンズとアナははじめて一夜を共にする。その後、ステーンズは、アナに行先を告げずアヘン窟にこもった。他方、行方不明のステーンズをさがすためにアナは新聞に広告を出した。彼は二月一八日にふたたび姿を現した。

（2）
第四部の一八六五年四月二七日、下船して来たアナを誘った女性がウェルズ夫人であることが示される。

「なぜダナディーンに来たのですか」とウェルズ夫人はやさしく訊いた。
「ゴールドラッシュだからです」とアナは言った。「地面の中よりはキャンプの中の方にもっと金があるとみんなが言っています。私はキャンプで働きたいのです」(Catton 659)

その時リディアはクロズビー・ウェルズと結婚していて、同じ住居にいた。このあと、クロズビーはアナにひかれて関係し、アナは妊娠する。流産し、その後売春婦になり、第一部の一八六六年一月の時点で、路上に酔態でいたかどで逮捕される。自殺未遂ではないかと疑われる。「アナは自殺しようとした。自分の命を絶とうとした。自分以外はその理由を説明できまい」(Catton 54)

（3）
教誨師デヴリンが発見した、二千ポンドをアナに贈与するという焦げた証文にステーンズの署名がなかった。これは一八六五年一〇月一一日に実際に作成した。しかし署名させようとしたらステーンズは「眠りこんでいた」(Catton 821) そのままになっていて、翌年一月に発見された。

焦げた跡は一八六六年一月一四日にカーヴァがやってきて、その証文を焼こうとしたために出来た。しかし、選挙遊説のためにラウダバックの一行が来る音が聞こえたので、そのまま逃げた。カーヴァはリディアと結婚するため、クロズビーを殺そうとして来た。そしてクロズビーはカーヴァの思った通り急死した。だが、死後の解剖ではクロズビーの胃袋にはアヘンチンキだけしか検出されなかったので、他殺と断定する証拠はなかった。クロズビーはステーンズが埋めた四千ポンド相当の金の延べ棒を掘り出していた。

（4）クロズビーがなぜ山の中で隠遁生活を送っていたかは第五部の一八六五年五月一二日で説明される。その日、クロズビーは金庫の中にしまっておいた金塊と出生証明書、金採掘権利証がないことを知った。妻のリディアが奪ったのだ。何のためか。愛人のカーヴァに与えるためだった。カーヴァはなぜそういう書類が必要だったのか。ラウダバックから商船を購入したかったが、犯罪歴のある自分の名前では購入できなかった。クロズビーの出生証明書をリディアに盗み出させ、自分の名をクロズビー・フランシス・ウェルズと詐称した。ラウダバックはそのことを後で知った。

「わしの証明書はどこにあるんだ？」とウェルズは言った。「わしの採掘夫権利証。わしの出生証明書。父からの手紙は？」

「金塊と一緒ですよ」

「そうか。どこにあるのか」
「言えません」
「どうしてだ?」(Catton 729)

（5）ドレスに、なぜ金塊が縫い付けられてあったか

そこに金を隠したものは誰であれ、女性であれ、船乗りであれ、裁縫の経験がある人なのは明らかであった。しっかりと縫い付けていた。コルセットの骨と、ひだ飾りに縫い込んであった。彼女（アナ）は衣服のすそに鉛の玉を縫い付けていたので重量は気にしなかった。

(Catton 221)

座礁浸水したために船荷が安く売りに出た。「アナは五着買った」(Catton 344) そこに縫い付けてあった金塊はリディアとカーヴァが画策してリディアの夫クロズビーから盗んだ金塊を輸出課税を脱税するために、リディアのドレスに縫い込んだのだ。それを積んだ船が座礁浸水したため海難品として売られた。前に、それが入っている箱を見つけた者には二〇ポンドの謝礼を出すと言ったのは「クロズビー・フランシス・カーヴァ」と詐称したフランシス・カーヴァであった。

（6）中国人の復讐

第一部でアー・スクがカーヴァに復讐を誓うというところがあったが、第二部でその理由が述べられる。アヘン戦争が始まる前の一八三九年、広東でカーヴァはアー・スクの父の会社を倒産させた。アー・スクの父はアヘンを貯蔵していないかどうか調査された時、自分の倉庫を官憲に調べさせた。すると茶の袋の間にアヘンがあった。禁止条例によって「裁判なしで即刻、処刑された」(Catton 446) それはカーヴァの奸策であった。カーヴァがわざと入れておいた。そのようにして会社を乗っ取った。息子はピストルを買ってカーヴァをつけねらったが、第三部では感づかれて射殺された。「彼はピストルでカーヴァを撃とうとしていた」(Catton 615)

以上のように、この作品の謎を解くには、推理小説の名探偵は不要である。作品に明示されている年月日が探偵の推理の代わりをしている。だから、読者が辛抱強く読みさえすれば謎を解くことができる。ただ小説を時間の指定を無視して読もうとしている読者には不可解な部分が生じる。たとえば最後の第一二部は理解できない。

6　解かれないままの謎

以上述べたように第一部を読んだだけではわからないことが、主に、第四部以下を読むことによってわかってくる。ただひとつ謎のままに残されているのがカーヴァ殺害である。

一八六六年四月二七日、裁判所で彼は有罪の判決を受ける。偽名を使って船を購入したかどで刑務所行きになる。手錠をはめられ、その手錠は逃げられないように馬車の御者の後ろの壁に固定される。その途中で誰かが馬車の囚人室を開けた。そしてカーヴァの頭部を殴打した。多分手錠をはめられていたので、カーヴァは身を守れなかったのだろう。

これはまさに疑うことができない殺人事件なのであり、推理小説はここから始まるのだが、この作品は「誰がしたか分かりません」(Catton 700) という巡査部長の声で終わっている。

下手人になりうる人物は、ほとんど全部、その日、裁判の証人として出廷していたので殺害の時点で裁判所内にいた。カーヴァの命を狙っていたのは中国人アー・スクであるが、彼は殺されている。するとカーヴァと話をし、それなりに関係があった人間でアリバイが成立しないのはマオリの男だけである。マオリの男はカーヴァに金銭をもらってウェルズの住所を教えたことを悔やんでいる。ただ、これが殺害の理由になるのだろうか。

7　まとめ

本論は、この作品を作者の創作方法の実践として考察した。ゴールドラッシュ時代を背景に人間の物欲を知ることはできる。人物は善玉、悪玉という風に分類されていて、その点では単純であり、分かり易い。語りの方法としてはサスペンスを用いることによって、フォースターがいうように人間に深く内在している好奇心に訴えており、退屈せずに読むことができる。創作学科で教えていた作者は、プロットが現代においても重要であることを示そうとしたのであろう。他方、下手人が未確定のまま残された、カーヴァ殺害は何か。サスペンスにばかり気をとられていては真の人間理解はできないという作者の読者に対する警鐘であろうか。

注

（1）　R. O. Crosby: *Musket Wars: A History of Inter-iwi Conflict 1806–45* (Auckland: Reed Books, 1999) p. 46 にはマスケット戦争の引き金になったのはイギリス人のマオリ族にたいする非人道的な行為であるという指摘もある。

（2） https://www.courtsofnz/about-the-judiciary/copy_of_overview. 2017.1.21.

（3） An act to regulate the sale and keeping of certain poison. PDF. 2017.1.21.

引用文献

Catton, Eleanor. *Luminaries*. London:Granta, 2014.

Eldred-Grigg, Stevans. *Diggers, Hatters, Whores: The Story of the New Zealand Gold Rush*. Auckland: Random House, 2014.

Forster, E. M. *Aspects of the Novel*. London: Edward Arnold & Co, 1953.

Matthew, H. C. G. *William Gladstone 1809–1898*. Oxford University Press, 1997.

Smith, Philippa Mein. *A Concise History of New Zealand*. Cambridge University Press, 2005.

第2章

芭蕉・一茶を介しての捕虜体験
――リチャード・フラナガンの『おくのほそ道』

田中　英史

一　はじめに

リチャード・フラナガン（Richard Flanagan, 1961–）の二〇一四年マン・ブッカー賞受賞作『おくのほそ道』（*The Narrow Road to the Deep North*, 2013）の題名は、芭蕉の代表作のそれを踏襲したものである。そのことからしても特にわれわれ日本人の関心を引く。

作者フラナガンはオーストラリアのタスマニア出身。ジャーナリズムや映画関係の仕事もしているが、主たる仕事としての長編小説は六編出している。『河川案内人の死』（*Death of a River Guide*, 1994）、『片手拍手の音』（*The Sound of One Hand Clapping*, 1997）、『グールド魚類画帖――十二の魚をめぐる小説』(*Gould's Book of Fish: A Novel in 12 Fish*, 2001)、『隠されたテロリスト』(*The Unknown Terrorist*, 2006)、『欠乏』(*Wanting*, 2008)とこの『おくのほそ道』)である。多彩な題材と手法が見られるが、その中でこの『おくのほそ道』は日本に直接関連した題材を扱い、芭蕉・一茶をはじめとして日本文学・文化を援用しているという特徴を持つ。本論文ではそのあたりの実情を見てみたい。

二　不条理の極限

本作ではフラッシュバックの手法が多用されていて、物語の時間がたびたび大きく前後し、うっかりすると紛らわしいが、全体として主人公ドリゴ・エヴァンズ(Dorrigo Evans)の一代記の形になっている。主要な柱は、第二次大戦中に日本軍の捕虜として彼がなめた悲惨きわまりない経験。副筋として彼の恋人との関係が語られる。

主人公ドリゴはオーストラリアのタスマニア出身（その点作者と同じ）の軍医大佐。日本軍の捕虜として、シャム（タイの旧称）で一千人の部下とともに日本軍の鉄道建設の強制労働に従事させられる。

捕虜収容所での日々の生は肉体的苦痛の極限である。食糧不足、病気蔓延、重労働、雨期の猛烈な雨といった状況のもと、毎日何人もの捕虜が死んでいく。そうした中ではとにかくその日を生き残ることが焦眉の課題である。こんな思いをしても生きなければならないのかという疑念が当然湧く。生の不条理の極限が描かれている。

捕虜たちが駆り出された日本軍の鉄道建設は、かの泰緬鉄道（タイ―ビルマ間）のことである。（作品題名の『おくのほそ道』は第一義的にはこの鉄道を意味しているのであろう。）これは日本軍がビルマへの陸上輸送路を確保し、ひいては「インパール作戦」援助のために企てられたものだった。インド東北部の要衝インパールの奪取をめざしたこの作戦は、その後、「日本陸軍史を通じて最大の愚戦悪闘」（高木俊朗）と評されるようになっているが[1]、結局、大失敗の結果、日本兵士の死骸累々たる「白骨街道」を生み出すことになる。また鉄道建設のほうも、条件を無視した無謀な実行により、開通は一部にとどまり、「死の鉄路」(the Death Railway) と呼ばれるに至った。ドリゴが晩年に書いた文章によれば、シンガポール陥落の際、捕虜になったオーストラリア軍は二万二千、うち九千人が鉄道建設に動員され、そのうち三分の一が命を落とした。それを含めて駆り出された連合軍捕虜は約六万人。そのほかに二五万人かそれ以上のタミール人、中国人、ジャヴァ人、マレー人、タイ人、ビルマ人が動員され、その死者は五万とも一〇万とも二〇万とも（二四―二五頁）。（ドリゴの挙げるこれらの数字は、現在でも公式に確定されていないものが多いようであるが、大筋ははずしていないと思われる。）

この鉄道建設の企ては、日本軍の中では、究極的には、大和魂 (the Japanese spirit) の実現であり、至高の天皇の意思に基づくものとされていた。しかしそうした論理が捕虜たちに納得されるはずもなく、意義の分からない強制重労働は彼らの不条理感を強めることになる。彼らにとってまわりは「理解不能、伝達不能、了解不能、見分け不能、描写不能」(二六—二七頁) なものに溢れていると見えた。

捕虜たちの苦難は、もちろん根本的には戦争という究極の不条理によって引き起こされたものである。しかしこの作品は戦争批判の視点を特にあからさまに出すのでなく、捕虜たちの経験する悲惨を具体的に綿密に描いてゆく。まさに文学本来の仕事をおこなっていると言ってよかろう。衝撃的なエピソードは数多いが、もともと屈強な兵士だったダーキー・ガーディナー軍曹が衰弱の末、日本軍の虐待にさらされ、便所の中で溺れ死ぬに至る経過 (第三部) や、壊疽にかかった兵士ジャック・レインボウが、医療器具や薬品の絶対的欠如の中、ドリゴによる手術の三回目でついに命を落とす件 (第三部第一七—一八章) などが強い印象を残す。

捕虜を支配する日本軍側も、補給のほとんど途絶えた前線にあって、尋常でない苦しみを味わっている。例えば収容所長のテンジ・ナカムラ (Tenji Nakamura) 少佐はマダニに悩まされ、ヒロポン中毒になっているが、そのヒロポンもほとんど入手できなくなっているように描かれる。

捕虜収容所についてのこれらの叙述は、作者の父親が実際にした経験に基づいているらしい。父君は収容所では三三五という番号をつけられていたのであろう。この作品には“For prisoner san byaku san jugo (335)”という献辞が置かれている。

またE・E・ダンロップの『ウェアリー・ダンロップの戦争日記――ジャワおよびビルマ―タイ鉄道　一九四二―一九四五』という今ではペンギン叢書に入っている大部な本も広く知られているようだから、フラナガンはこれなども参考にしたのではなかろうか。このE・E・ダンロップという人物は、一九〇七年オーストラリアのビクトリア州に生まれて医学を修め、第二次大戦ではジャワで第一連合軍総合病院の運営に当たりながら日本軍の捕虜となった。戦後帰国してからは王立メルボルン病院の初代名誉外科医に任命されたのをはじめとして多くの顕職についた。経歴その他、ドリゴと重なり合うところが多い。

ドリゴには英雄的なところがある。捕虜たちの指揮官として、日本軍の暴虐から部下をかばおうとし、理不尽な要求に毅然として対する。自己を律する力も強い。牛肉が手に入った稀な機会に、自分の分を取ることを我慢して、病人に回せという命令を貫き通すなど。部下たちからは「大人」(“Big Fella”)と渾名されて尊敬を集めるのだが、自分ではそういう評価にふさわしい人間ではないという自覚があり、周囲の評判を重荷に感じている。しかしヒロイックなところがあることは確かであって、彼が一生を通じてアルフレッド・テニソンの「ユリシーズ」(‘Ulysses’)を愛誦し続けるという設定は、そうした彼の性格づけに大きく寄与している。彼が瀕死の床で朦朧とした意識の

中、口ずさむのも

わがめざすは
日没のかなた
あらゆる西方の星々の湯浴みするところを超えて
命のかぎり航海し行くことなれば

といった詩行である（四四二頁）が、ユリシーズの年老いてなお烈々たる探究心と冒険心を、ドリゴも共有している。

ドリゴには、この「ユリシーズ」に限らず、書物なしにはいられないというところがある。「彼は本というものにはオーラがあって、それが自分を守ってくれており、身辺に何か一冊なければ自分は死んでしまうだろうと思い込んでいた。彼は寝るときに女なしでも一向にかまわなかった。しかし本なしで寝たことはなかった。」（二八頁）主人公のこういう本好きという性格設定が、次に見るエピグラフの重用と響き合って、作品全体の姿勢を大きく決定していることはもちろんである。

そしてドリゴは晩年、捕虜経験をふりかえって次のように書いている。「悲惨は本の中には形式と意味を与えられて取り入れられる。しかし実人生においては悲惨には形式もなければ意味もない。悲惨はただあるだけだ。そして悲惨が支配しているあいだは、宇宙にはほかのものは何も存在し得ない。」（二三頁）そのようにあらゆる理屈を拒絶する悲惨——それが捕虜体験に対する、また生全般に対する、ドリゴの最終的な認識であった。

三　エピグラフの働き

エピグラフの使用は古来ごく普通に行われている技法であるが、本作品ではそれが特に目につく。五部から成るこの作品は、作品全体に対してと各部冒頭にそれぞれエピグラフが置かれており、その構成意識は几帳面な感じを与えるほどである。それらのエピグラフをあらかじめまとめて示しておくと

作品全体　Mother, they write poems. / *Paul Celan*
第一部　A bee /staggers/ out of the peony. / *Basho*
第二部　From that woman/ on the beach, dusk pours out/ across the evening waves. / *Issa*
第三部　A world of dew/ and within every dewdrop/ a world of struggle. / *Issa*

第四部　The world of dew/ is only a world of dew—/ and yet. / *Issa*

第五部　In this world/ we walk on the roof of hell/ gazing at flowers. / *Issa*

である。第一部から第五部を通して使われているのはいずれも芭蕉あるいは一茶の句である。原典と思われるのは、それぞれ「牡丹蘂深く分出る蜂の名残哉」（第一部）、「女から先へかすむぞ汐干がた」（第二部）、「露の世の露の中にてけんくわ哉」（第三部）、「露の世は露の世ながらさりながら」（第四部）、「世の中は地獄の上の花見哉」（第五部）である。（フラナガンはこれらの句をどの英訳版で見たのだろうか。原典にさかのぼっての理解はどの程度だったのだろうか。彼はタスマニア大学卒、のちにはオックスフォード大学ウスター・コレッジで修士号を取っているが、そのいずれでも歴史学専攻で、特に日本語や日本文学に通じていたとは伝えられていない。）

　ともあれ、当然のことながら、どのエピグラフも各部の内容を巧みに予示している。例えば第四部のエピグラフは一茶の「露の世は露の世ながらさりながら」（『おらが春』）だった。一茶五七歳の一八一九年、長女さと女が生後四〇〇日で死んだときの作。長男、長女、次男、三男いずれも夭折。すでに前前年、長男一周忌の折（？）には「露の世は得心ながらさりながら」と詠んでもいた。晩婚（五二歳で初めて結婚）の一茶にとって、わが子の連続する夭折は、その間に起きた最初の妻の若死にも含めて、不条理の極みと思われただろう。[2] 第三部のエピグラフ「露の世の露の中にてけんくわ哉」と第五部のエピグラフ「世の中は地獄の上の花見哉」も、人間の生は究極的に不条理性を免れ得ないという一茶の根本認識をよく示し、フラナガン作品全体のメッセージに直結する。

ところで、本文中で芭蕉が初めて大きく登場するのは第二部第一六章である。捕虜収容所長ナカムラ少佐とその上官のコタ (Kota) 大佐が茶を飲みながらよもやまの談話を交わしていて、コタが中国で行った中国人捕虜の斬首の経験を語るなどのことがある。そしてふたりは、この鉄道建設も戦争自体も、その意義はそれだけにとどまるのではなく、究極的には日本人の優越性をヨーロッパ人に知らしめるところにあるという認識で一致する。そのときコタがふと口ずさむのが“Even in Kyoto/ when I hear the cuckoo/ I long for Kyoto.”（京にても京なつかしやほととぎす）という句であった。ナカムラはすぐにそれを芭蕉と分かり、その後ふたりは日本の古典文学への趣味を共有することを確認し合って、一茶や蕪村や芭蕉を語り合い、ますます意気投合する。『おくのほそ道』こそは“the Japanese spirit”の精髄を表わした一書だというのがコタの意見であるが、この“the Japanese spirit”（日本精神）はコタのもとの言葉では「大和心」あるいは「大和魂」だったのであろうか。だとすれば、この「大和心」は例えばその代表的表出例としてよく引かれる本居宣長の「敷島の大和心を人問はば朝日に匂ふ山桜花」よりも微妙な陰影に富んでいる感じがしないでもない。コタ、ナカムラ両人はそれだけ繊細な文学的感性を賦与されていることになる。しかし芭蕉への感激は、ナカムラの心中ではすぐにこの鉄道建設の意義や八紘一宇の思想に直結されていくように描かれていて、その点はドリゴやこの作品の観点からは納得できないものとされているのであろう。コタとナカムラのこの談話のシーンは、コタが芭蕉をもじって、"Even in Manchukuo/ when I see a neck/ I long for Manchukuo（満州にても満州なつかし首見れば（?:））という句を吟じて去って行くところで閉じられる。ここには作者の皮肉な目がはっきりとうかがわれると言えようか。作者は芭蕉や一茶を基本的には肯定していないと言っていいだろうか。

そもそもこの作品には、作品全体に対するエピグラフもつけられ、それにはパウル・ツェランの「母さん、あの連中も詩を書くんだよ」(Mother, they write poems.) が使われているのだった。ツェラン (1920–70) はナチスの強制労働にも駆り出された経験を持つユダヤ系詩人。この文句の出典は不明だが、詩作品ではなく手紙か何かの一節だろうか。だが、ここで「あの連中」とはその残虐なナチスを指すと思われる。少なくともフラナガンはそのように解釈してこれを使用しているのであろう。残虐性と詩心が併存する人間性の矛盾を簡潔に剔抉するこの句を作品全体のエピグラフとして採用していることは、構成上、そこに作者フラナガンの根本的認識を表わしていると見ることが妥当であろう。各部のエピグラフにいったん結晶された形の芭蕉・一茶流の諦観・世界観も、もうひとつ上のレベルからの批判を受けているわけである。すなわち、人間と生の不条理性は、これほどまでにも徹底していて救いがないものなのだ。文学も究極的には無力ということになろうか。

二　戦後の変転

上に述べたように、本作の時間の流れは錯綜しているが、全体のプロットを大づかみに言うと、戦時の捕虜収容所でのできごとが前半に描かれ、諸人物の戦後の運命が後半で取り上げられて、その両方が響き合い、作品の根本的メッセージを構成することになる。

この小説は人物たちの戦後の運命の多様さにも筆を進め、特に捕虜収容所関係の日本側主要登場人物三人――所長のナカムラ少佐、その上官のコタ大佐、「オオトカゲ」(“Goanna”)と渾名される朝鮮出身の捕虜監視員(本名 Choi Sang-min)――の運命の対照は痛烈な皮肉の効果をかもし出す。

ナカムラ少佐、コタ大佐はいずれも戦犯としての訴追を免れるが、ナカムラ少佐は日本へ引き揚げたあと、戦犯訴追を恐れてキムラと名前を変えるなどの工夫をし、戦後の新宿のどさくさの中で殺人を犯すなりゆきにもなるが、特に逮捕されることもない。知り合った看護婦のイクコ・カワバタと結婚し、コタ大佐の口利きで日本血液銀行に就職したりして、社会の中にすんなりと融け込んでいく。晩年には喉頭癌にかかるが、妻の良さと自分の人間の良さにますます気づくという変化が皮肉なタッチで描かれる。

コタ大佐の帰国後はあまり詳しくは描かれないが、一〇五歳の長寿を保ち、最後はミイラとなって発見されることが書かれる。そして死んだ彼のベッド脇の卓上には芭蕉の『おくのほそ道』が置かれ、枯草のしおりの挟まれていたのは冒頭の「月日は百代の過客にして、行かふ年も又旅人也。」の箇所であった。

これらふたりの高級将校は無事帰国し、その後もほぼ恵まれた人生を全うしたと言えるが、軍の末端に位置する朝鮮出身の捕虜監視員チョイ・サンミンは現地でBC級戦犯の罪に問われ、絞首刑に処せられる。現によくあったとされる事例のひとつである。

主人公ドリゴは帰国後エラ (Ella) と結婚して三人の子供をもうけるが、戦争体験の影響もあってその結婚生活になじみきれず、最晩年に至るまで女漁りの癖を脱しきれない。そのドリゴの女性関係――特に恋人エイミ (Amy) との――がこの小説の副筋をなすものとして重要である

ドリゴは一九四〇年、二七歳のとき、アデレイドで軍医としての最終研修を受けているあいだに、町の本屋で彼女と出会い、恋に落ちる。許嫁に近い関係になっていたエラがいたのだったが。すぐあとでドリゴはエイミが叔父の若い（二四歳）妻であることを知るが、ふたりはその叔父の目を盗んで熱い逢い引きを重ねる。初めて一夜をともにしたあと、ドリゴは「何も起こったわけではない。しかしそれですべてが変わってしまった」(Nothing had happened, yet everything had changed.) と思い、また「何も起こったわけではない。しかし何かが始まったことは分かった」(Nothing had happened, yet he knew something had begun.)（一〇八頁）という感慨を持つ。そうした運命的な恋であるにもかかわらず、その発展はドリゴの出征によって妨げられる。何か月も音信

不通が続く状況の中で、捕虜収容所のドリゴは、エラからの手紙により、アデレイドで叔父の経営していたホテルが火災を起こし、エイミもその事故で死んだらしいことを知らされる。生の不条理のもうひとつの例としてのこの知らせはドリゴを打ちのめし、彼は内面に大きな空虚を抱えて、それを一生克服できずに終わることになる。

しかしエイミとの関係は実はそれだけで終わらず、もうひとひねり加えられている。捕虜収容所でエラからの手紙によりエイミの死を知らされたドリゴであったが、その情報は不正確で、エイミは生きており、その後再婚もしていた。エイミのほうはいったんは前の夫からドリゴの戦死を知らされていたが、これも虚報（夫の悪意による？）だったことが判明。戦後社会的名士になっていったドリゴの名をしばしば目にするようになるが、連絡をするのはためらっていた。そんなエイミをある日ドリゴはまったく偶然にシドニー・ハーバー・ブリッジの上で見かけて驚愕する。互いにすれ違う流れにもなるのだが、どうしても声をかけられないまま過ぎてしまう。エイミは以前と同じく健康そうで美しく見えたのだが、実はそのとき癌に冒されていて余命永くないことを作者は書く。結ばれない恋人同士という生の不条理の一典型である。さらに作品の最終章で、エラが戦地のドリゴに送ったエイミの死のニュースは実はうそであった――「エラが彼についた唯一のうそ」(the only lie Ella ever told him)（四四六頁）――ことがさりげなく明かされて、ドリゴにおける生の不条理さを印象づける最後のストロークになっている。生の不条理さは、戦争のような大きなスケールのものによってばかりでなくこうした女性の嫉妬といった個人的な行為――もちろんそれは戦争を背景にしたものであるが――によっても生み出されるのだ。

さらにつけ加えるならば、天災の類いも人間にとっては不条理である。戦後何年か経って、タスマニアでドリゴの妻子が山火事に襲われ、車で必死に駆けつけたドリゴによって危うく救け出されるというエピソードがある。（第五部、第一一―一二章）（山火事という災害を取り上げたところには、森林保護運動にも熱心だという作者の一面が表われているのかもしれない。）この偶然のできごとによって、ドリゴがいささか家族の意識を取り戻すように描かれているのは、生の不条理に通ずる「生のアイロニー」と言えるのではなかろうか。

ところで、本書で芭蕉、一茶と並んで重要な役回りを与えられているのが一八世紀の俳人というシスイ(Shisui)である。晩年にドリゴは、戦争犯罪の謝罪のためにオーストラリアを訪れていた日本の女性グループから日本の禅僧や俳人の辞世の句を集めた本を贈られていたが、ある日その中にシスイの例を見つけて感銘を受ける。シスイは死に臨んで辞世の句を求められたとき、筆をつかんで円を描いて弟子たちを驚かせたというのである（二七―二八頁）。その円の形が本作品でも二八頁に示されていて、本書唯一の図形であるだけに目を引く。シスイは一七六九年に四四歳で死んだという之水のことらしい。日本でもあまり知られていない人物と思われるが、ヨエル・ホフマン編の一書にこの「辞世の句」が出てくる。[3] ドリゴが贈られたという本もこの書に基づいているようである。その筆の一筆書きによる円の形はホフマン編では左肩から右回りなのが小説では右肩から左回りになっているが、元の形を全くそのまま採用するのを避けようとの意識からであろうか。いずれにせよこのシスイも純粋にフラナガンの創作ではなさそうである。この之水の辞世の句からドリゴが受けた感銘は、彼の最終的な悟りに近いものとして、次のように書かれている。「之水の辞世の句はドリゴ・エヴァンズの潜在意識の中で鳴り響いた。内容の詰まった空虚、終わりのない神秘、長さを欠いた幅、大いなる輪、永遠の回帰――線の対照たる円。」（二八頁）

晩年には功成り名遂げた形のドリゴであるが、その最期はアイロニックと言わざるを得ない。彼が命を落とす直接のきっかけになったのは、交通事故に巻き込まれたことだった。深夜の街で車を運転中、警察に追われて信号無視の暴走をした酔った若者たちの車に衝突されたのだが、読者にとってはあっけない、思いがけぬ不幸であった。その若者たちの車が盗んだスバル・インプレッサという日本車であったというのも、この作品にあってはアイロニーの上塗りであると読める。

上に見た之水の辞世の句（円）は、この小説の結末近くでもう一度言及される。ドリゴは、息を引き取る間際、混濁する意識の中で、自分が“void”（空）になりつつあるのを感じて、之水の円のイメージ――その形がもう一度四四四頁で示される――を思い出し、その意味が分かったと思う。円はドリゴにとってはゼロでもあったろう。瀕死のドリゴはその円が表わす「空虚に自分がなりつつあるのを感じ、そしてついに彼はその意味を悟った。……彼は自分の首の周りを輪が絞め付けるのを感じた。彼は息を切らし、片脚をベッドの外に投げ出した。脚はそのまま一、二秒痙攣してベッドの鉄枠にぶつかり、そして彼は死んだ。」（四四四頁）このように、ドリゴの最期と彼がそのとき得る「悟り」の描写は荒涼としていて、あまりポジティヴな意味は感じられない。首を絞められるという絞首刑に似たイメージは、捕虜収容所で心ならずも多くの部下を死なせたという彼の負い目の反映でもあろうか。とすると之水の「悟り」に対する作者の最終的あるいは根本的な評価も、芭蕉・一茶に対するそれと同じく、全面的な是認ということにはならないと言うべきか。

四　おわりに

かくてこの作品は全体として、人間の生は不条理と切り離せないという認識を提出し、その不条理の実態を克明に描き出しているのである。――と整理してしまえば平凡に響くかもしれないが、これはまさに文学のオーソドックスな仕事である。その叙述の具体的な迫力が本作品の価値を構成する主要素になっていると評価できよう。

同じく泰緬鉄道建設を題材にした映画にデヴィッド・リーン監督の「戦場にかける橋」（一九五七）があった。同様な時期、地域での日本兵の体験を描いた日本の文学作品に、古くは例えば竹山道雄

『ビルマの竪琴』（一九四八）があったが、ごく最近でも古処誠二『中尉』（二〇一四）や高橋弘希『指の骨』（二〇一五）が話題を呼んでいる。当時のあれだけの大きな、また悲惨な、経験は、二一世紀の今もって新たに作家の想像力をかきたてるところがあるのでもあろう。その中にあって本作は、捕虜の立場を中心にしながらも日本軍側にもかなり目を配っている点、また戦中の事件のみならず戦後の変転にも注目して両者の対照を描き出すことを旨としている点などで、スケールが大きく、重層性に富んだ作品になっていると言えそうである。

使用テクスト

Richard Flanagan, *The Narrow Road to the Deep North* (Chatto & Windus, 2014)

注

（1）秦郁彦『実録太平洋戦争——六大決戦、なぜ日本は敗れたか——』（光風社出版、一九九五）、八六頁。

（2）暉峻康隆・川島つゆ（校注）『蕪村集　一茶集』（「日本古典文学大系58」岩波書店、一九五九）、三〇六、四六二頁。

（3） Yoel Hoffmann (ed.), *Japanese Death Poems: Written by Zen Monks and Haiku Poets on the Verge of Death* (Tuttle, 1986), pp. 294–95.

参考文献

E・E・ダンロップ（河内賢隆・山口晃一（訳））『ウェアリー・ダンロップの戦争日記――ジャワおよびビルマータイ鉄道　一九四二―一九四五』（而立書房、一九九七） E. E. Dunlop, *The War Diaries of Weary Dunlop: Java and the Burma-Thailand Railway 1942–1945* (Thomas Nelson Australia, 1986; Penguin Books, 1990)

Charles Granquist, *A Long Way Home: One POW's Story of Escape and Evasion during World War II* (Big Sky Publishing, 2010)

林譲治『太平洋戦争のロジスティクス――日本軍は兵站補給を軽視したか』（学研パブリッシング、二〇一三）

李鶴来《イ・ハンネ》『韓国人元ＢＣ級戦犯の訴え――何のために、誰のために』（梨の木舎、二〇一六）

飯吉光夫『パウル・ツェラン』（小沢書店、一九九〇）

古処誠二『中尉』（角川書店、二〇一四）

ヒリス・ローリー（内山秀夫訳）『帝国日本陸軍』（日本経済評論社、二〇〇二） Hillis Lory, *Japan's Military Masters: The Army in Japanese Life* (1943)

松尾靖秋・金子兜太・矢羽勝幸（編）『一茶事典』（おうふう、一九九五）

中村俊定（監修）『芭蕉事典』（春秋社、一九七八）
小田部雄次・林博史・山田朗『キーワード・日本の戦争犯罪』（雄山閣、一九九五）
杉浦正一郎・宮本三郎・荻野清（校注）『芭蕉文集』（「日本古典文学大系46」岩波書店、一九五九）
高橋弘希『指の骨』（新潮社、二〇一五）
竹山道雄『ビルマの竪琴』（一九四八。新潮文庫、一九五九）
パウル・ツェラン（中村朝子訳）『パウル・ツェラン全詩集（全三巻）』（青土社、一九九二）
Philip Towle, Margaret Kosuge & Yoichi Kibata (eds.), *Japanese Prisoners of War* (Hambledon and London, 2000)
牛村圭『「戦争責任」論の真実――戦後日本の知的怠慢を断ず』（ＰＨＰ研究所、二〇〇六）
内海愛子『朝鮮人ＢＣ級戦犯の記録』（岩波書店、二〇一五）
吉田裕『アジア・太平洋戦争』（岩波新書、二〇〇七）
Web サイト　http://en.wikipedia.org/wiki/Richard_Flanagan (2015.1.6)

第3章

技法としてのエクソフォニー

――ルース・オゼキの『ある時の物語』と日系移民文学

大熊　昭信

のっぴきならない生という現実がある。小説の技法はそれを描くことで、なんとか打開の糸口を見つけようとして編み出される。ところが逆の事態もある。小説家はあたらしい小説の技法を採用することで、読者はそうした技法に感応することであらたな生の形がみえてくるのだ。小説の技法と作家や読者のリアルな生の間の創造的な関係はどうやら普遍的なものらしい。豊饒な日系移民文学の小説作品群もその例外ではない。

1　日系移民文学——その小説の手法

日本人の北アメリカへの移民は明治維新直前、一八八五年のハワイ移民に始まっている。移民の倅だったミルトン・ムラヤマは、リアリズムの技法を採用した『頼みになるのは体だけ』で、ハワイでの想像を絶する辛酸を描いた。西海岸に移住した移民二世青年が太平洋戦争の際アメリカ軍に志願したものかどうかという問題を扱っているジョン・オカダの『ノー・ノー・ボーイ』にしても、またカナダやアメリカでの強制収容経験を取り上げたジョイ・コガワの『失われた祖国』やジュリー・オーツカの『天皇が神だった頃』にしてもリアリズムの手法に依存している。日系移民は太平洋戦争という祖国と移民先の国が始めた戦争のために、祖国に銃を向けるとか、あるいは敵性国民ということで強制収容所に監禁されるといった極限状況に否応もなく直面させられた。その当事者や二世、三世にわずかにできることはといえば、そうした現実を現実として見定め、その悲惨な現実を描くとともに、ぎりぎりその理不尽さを批判することだったのだが、そのとき武器として手元にあったのがリアリズムであったということだ。

ところが、同じリアリズムでも、ヒサエ・ヤマモトの「一七文字」は一風変わっている。なるほど、ここでもまた、主題は、アメリカ定住を望む夫と日本を忘れられない妻との確執といった移民の家庭内の問題である。だが、そうした内輪の揉め事を語っているのが、アメリカにすっかり同化してスペイン語系のボーイフレンドまでいる二世の一六歳の少女なのである。移民一世の艱難辛苦が突き放された客観的な目でリアルに描かれるという格好になっている。これは日系移民に特殊な問題を客観化するためのリアリズムだ。

こうした日系の直面する特殊日系的現実から距離をとるという姿勢は、カレン・テイ・ヤマシタの場合は、一段と鮮明である。ヤマシタはもはやアメリカ移民の自分や家族の問題には興味を示さない。第二作の『ブラジル丸』は日系移民を扱っているが、自分の出自とは無縁のブラジルを舞台にしており、自分の学生時代フィールドワークで得た知見をもとに客観的に描いたものだ。第一作『熱帯雨林の彼方へ』はといえば、そもそもリアリズムから大胆に逸脱していた。ある日ボール状の物体が浜辺で遊んでいた主人公に流れ星のごとく落下し衛星のように顔面に付着して特異な視力を授けるという（『ど根性カエル』さながらの）奇妙奇天烈な、まことにマジック・リアリズム的な設定から物語が紡ぎ出されているのだ。また第三作『サークル・K・サークルズ』は、自分の日本留学の際、見聞した日系ブラジル人の出稼ぎのエピソードを実話風に、ドキュメント風にまとめたものである。その限りではリアリズムなのだが、本の体裁からして版型が特殊であるばかりか、文字による叙述ばかりではなく、写真やイラストや広告などのコラージュが混在したもので、お行儀のよい活字媒体ばかりからなる小説の作法をあっさり超えているのである。

それればかりではない。その記述に用いられるのは英語と日本語だが、ポルトガル語までが混入している。とりあえずこうした混在には自分たちの言語を理解しない読者はこれを拒否するというマイノリティの執拗なまでの自己主張を看取することができる。だが、面白いのは、そうした多言語の混在という現実から、小説家が意識すると否とに関わらず、あらたな文学的効果が生まれていることだ。それがエクソフォニーの効果なのである。

2　エクソフォンの文学とエクソフォニーの効果

多和田葉子によれば、エクソフォンの文学とは、母語ではなく学習された外国語で書かれた文学である。たとえば、アメリカ留学後に英語で中国を舞台にした小説を書き出したハ・ジンなどがすぐ思い浮かぶが、植民地のでも移民のでもない、多和田に言わせれば「言語的移民」の小説は、母語の外に立つ地点で見えてくる世界を描いたものということになる。そうした母語の外に出た言語的なありようがエクソフォニーだが、そこに生まれる独特の文学的効果をぼくらはエクソフォニーの効果というのである。

エクソフォニーの効果を理解するにはツェランの「葡萄酒と喪失、二つの傾斜で」で始まる詩に関する多和田葉子の次のような発言が参考になる。作中「『傾斜（Neige）』という言葉が出てきたかと思うと、突然『雪』が出てくる」ところがある。これは「意味的には、『傾斜』と『雪』は繋がらない。しかし、ドイツ語の『Neige（傾斜）』と全く同じスペルが、フランス語では雪という意味の単語になるので、両者は密接な関係にある。語源的には関係ないし、発音は全く違うが、見た目が同じなのである。わたしたちの無意識がどれほどこのような『他人のそら似』的な単語間の関係に支配されているかということは、フロイトの『夢判断』などを読めばよく分かる」(36-37) というのである。

ここで取り上げられているのは、ドイツ語文脈の単語（ナイガー）に、偶然にもそのスペルが同じフランスの単語（ネージュ）が連想され、そのことでドイツ語文脈にドイツ語文脈にはありえない単語が出現するという事態である。なんのことはない、これは二つの言語をまたいだダジャレだ。まことに洒落（地口）とは異なったものに同一性を見出すことだからである。多和田の議論を一般化すれば、エクソフォニーの効果とは、複数の言語間の地口という修辞法の効果ということになる。

実際、多和田自身がこんな例をでっち上げ、ダジャレを援護しているのだ。「自分の育った発音体系の中では区別がなされない二つの単語（タンゴ）がくっついて踊り出す。そこに産婆（サンバ）が駆け付けて、新しいアイディアが生まれる」(46)、と。しかも「これは言語移民の特権であって、一見簡単そうに見えるが、一つの言語の内部に留まるものにはなかなか真似のできない芸だ。その芸が妬ましいので、そんなのは駄洒落に過ぎないさ、と負け惜しみを言う人もいる」(46–47)などとコメントしているのである。

なるほど、エクソフォニーとは単なる複数言語間のダジャレだ。だが、エクソフォニーの効果はたんに冗談の笑いだけではない。多和田は「言葉そのものよりも二ヶ国語の間の狭間そのものが大切であるような気がする」(31)といい、その「狭間」の意義をこう語る。「ひょっとしたら、わたしは意味というものから解放された言語を求めているのかもしれない。母語の外に出てみたのも、複数文化が重なりあった世界を求め続けるのも、その中で、個々の言語が解体し、意味から解放され、消滅するそのぎりぎり手前の状態に行き着きたいと望んでいるからなのかもしれない」(139)、と。この母語の外の意味が消滅する「状態」こそ、いわば言語の間にたち、さらには文化の間にたち、その結果文化によって形成されている自己のありようを突き放して眺めることを可能にするありようである。

こうしたエクソフォニーの効果は、なにもエクソフォンの文学の専売特許ではどうやらない。移民の文学や植民地の作家の文学のなかにも看取できる。しかも、それはたんにダジャレではない手法からも生まれている。ぼくらは多和田が示唆し、その『献灯使』などで実践するエクソフォニーの技法の範囲を広げる必要があると考えている。

たとえばヤマシタは『サークル・T・サークルズ』で、ブラジルのサウダージ(saudade)(135–

136) ついてコメントしている。サウダージとは、ブラジル独特の〈あこがれ〉〈郷愁〉〈ノスタルジア〉を表す言葉である。ヤマシタによれば、これは日本語の〈なつかしい〉にあたる。じつは、この言葉はポルトガル人がブラジルに持ち込んだファドの独特な哀愁を意味するサウダーデ（saudade）からきている。それをブラジルのアフリカ人奴隷、オランダ人貿易商、改宗したキリスト教徒、同盟軍兵、スペイン人、イタリア人、ドイツ人、シリア人、日本人がそれぞれ勝手に再定義してきたというのである。レヴィ＝ストロースの『悲しき熱帯』の〈かなしみ〉にしてからが、再定義＝誤解されたサウダージにほかならない。しかも今日サウダージはブラジルの日常の魔術的《マジッカル・》現実《リアリティ》のなかで生きており、土地を持たない貧農や原住民たちは自分たちの貧困や絶滅をロマンチックに歌うサウダージを批判してさえいるというのだ。こうして移動する抒情の解釈と再解釈が万華鏡のように併存されたヤマシタのテキストは、そのいずれにも立ち止まることなく、そのいずれにも与することなく、個々の抒情から一歩離れた地点に立っていると感じざるをえなくなる。読者もまたそうしたテキストに感応することで、多様な解釈と解釈の間に立つことになる。これまた多和田のいう文化の間にたつということではないか。ダジャレによらないエクソフォニーの効果といっていい。

エクソフォニーの効果の別様の形は、アジア系移民ではないのだが、ケリ・ヒュームの『骨人間』のタイトルに経験することができる。奇怪なタイトル『骨人間』*The Bone People* の bone は、たとえば苦し紛れに〈骨のように剥き出しな〉などと解釈すれば、強引だが〈なりふり構わず家族とのそれこそ骨肉の人間関係を求める人々〉といった意味となる。だが、中村和恵によると、このタイトルは、骨と民族という二つの意味があるマオリ語の iwi に由来している (44)。そのマオリ語の二つの語義を二つながら語義転用という翻訳の技法で「骨／民」という具合に併存させた結果生まれたのがこのタイトルというわけだ。そこで英語の背後にマオリ語を想定するとき、そこに新たな意味が見えてくる。むろんここにはマオリ語を知らなければ、わからないフレーズを作り上げて、英語話者をにべなく拒絶している風情がある。宗主国の言語の植民地文学による強引な変容の実例である。だが、両者を理解している人間にとって、この不可解な英語の誕生の由来がわかったときには、英語とマオリ語のいずれの解釈にも与さない、両者の言語と文化の間にたつ機会ともなる。これは歪曲された翻訳の効果というべきものであり、これまたダジャレからなるエクソフォニーの技法ではないが、同様の効果を発揮していると言えまいか。

ところが、これまた日系移民ではないが、コスモポリタンというべき村上春樹の『1Q84』のタイトルも多和田の言うようなエクソフォニーの効果を発揮している。村上春樹の『1Q84』は断るまでもなくオーウェルの『1984』のパロディだが、そのノリで日本語では算用数字9をキュウと読むが、それがたまたま英語のアルファベットQの発音と通じるので洒落てみたというものだ。Qが question や quest を連想させ、謎解きのニュアンスを生じているとか、あるいはオバQ

を連想させるといった解釈に読者を誘導していることもたしかである。だが、このダジャレは、日本語で〈いちきゅうはちよん〉とか〈せんきゅうひゃく云々と読めないと発生しない。日本語と英語をまたいだエクソフォニーのダジャレであり、そこに読者を英語と日本語の間に立たせる効果が発生している。だが、このQは曲者である。タイトルにQを見て /kju:/ と発音している段階では、日本語（9）にも英語（question, quest のQ）にもそのいずれにもいまだなっていない音素である。9もQも、そのいずれをも暗示するが、いまだ特定の意味はない。それこそ日本語とも英語ともつかない両者の言語の外の領域である。多和田は先ほどの引用の直前でツェランの「詩人は唯一の言語を用いる」という発言に言及し、それは母語ならぬベンヤミンのいう純粋言語のことだと解説している。この言語の外こそ、まさに純粋言語の経験なのである。

じつは、こうした技法の効果をぼくらは日系アメリカ人作家ルース・オゼキの『ある時の物語』にも見出すことができる。

3　『ある時の物語』の主題と技法とエクソフォニー

ルース・オゼキの『ある時の物語』の主題は、日系移民の抱える問題ではない。前二作にしてからが、第一作は、アメリカの食肉産業でのホルモン使用の健康被害、第二作はポテトの遺伝子組み換え作物の弊害というアメリカの今日的問題を扱っている。アメリカで暮らす日系としての話題も皆無ではないが、アメリカ市民として現実に四つに組み合ったリアリズムである。第三作『ある時の物語』しても、日系移民の現実ではなく、現代日本の抱える現実を話題にしているのだ。その一つがなんとイジメ問題なのである。

この小説の構成は、東北関東大震災の結果、巨大津浪に遭遇した少女ナオの手記と、カナダに漂着したそれを読んでいる作家ルースの話が交互に提示されるというものである。手記という設定といい、それを読む人物の心理や実生活の客観描写といい、手堅いリアリズムの手法が採用されている。イジメの問題もそうしたリアリズムで描かれている。

まずナオの父親ハルキがシリコンバレーで職場のイジメに会う。その結果帰国子女になったナオが中学校でイジメを受ける。この職業現場と教育現場でのイジメの主題は、さらに父親ハルキの同名の伯父の軍隊でのイジメに連動していく。そしてこの三者三様のイジメが禅によって、つまり父ハルキの祖母（ナオの曽祖母）ヤスタニジコウ（慈光？）によって救われるという仕掛けだ。主題論的に興味深いのは、禅の解釈に禅のアメリカ化つまりは日本文化とアメリカ文化の文化混合が見てとれることである。

たとえば、ジコウは当時一〇四歳で禅宗の尼という設定だが、そのジコウが夏休み中ナオの面倒をみて、イジメから立ち直らせる。その際、禅の教えと同時に合気道めいた武道を授けるのだが、まことにこれは西欧がイメージする忍者的振る舞いと禅の無造作にも強引な併存である。そこにぼくらは容易にアメリカナイズされた禅を感じることができる。これは座禅を心身双方の健康のために日常生活に取り入れるといったアメリカのプラグマティズムによる禅の同化の形といっていい。

こうした誤解というか文化変容《トランスカルチュレイション》の遠因はそもそも本書のタイトルにある。この小説のタイトル *For the Time Being* は『正法眼蔵』の「有時」の章のタナハシ訳からの引用である。この for the time being には〈いまのところは〉といった意味がある。実際、この作品では、ルースがナオの手記を部分ごとに読み進めているわけで、常に読者には〈目下のところの〉お話ということなので、まことに巧妙なタイトルである。とはいえ、for the time being から無造さに time being を取り出してしまったがために、面倒なことが生じたのである。道元は有時を〈ある時〉ではなく、〈時は有である〉と解釈した。そうした事情を勘案してタナハシは〈ある時〉を for the time being とし、その慣用句のなかの time being を取り出して〈有時〉の訳語としたのである。ニシジマ訳の sometimes (143) にくらべて、このタナハシ訳は見事といっていい。だが、そうしたために、道元の時間論を誤解する一因となったと思われる。道元の有時は英語では being time でなければならなかったはずである。慣用句の関係でたまたま time being となったために、時間存在（時間的存在）という意味合いが色濃くなり、存在時間（存在としての時間）といった意味合いが薄れてしまったのだ。簡単にいえば、道元の実存主義的（西欧的）な解釈となったのである。

たとえば、イジメと言った苦境から自殺を考えるナオや父ハルキを諭してジコウはこういう。今のところは、自殺などせずに、生きてみなさい、と(362)。ジコウは現在只今の生を大事にするといった実存主義的な倫理を促す時間感覚に訴えている。そう諭された父ハルキもまた「生きるしかない」と想い到ることになる(368)。その結果、伯父が軍命に背いてまでも人道主義を守ったことを知り、実業界でもそうした人道主義を生きるために戦い抜こうと決意するのだ。これは禅の人間主義的解釈、西欧化というほかない。

だが、イジメと禅の関係は大伯父ハルキの特攻隊員として死地に赴くまえに見せる心的思想的覚悟に極まる。それはまさに『きけ、わだつみの声』を地で行く状況なのだが、大伯父ハルキは論理の勝ったハイデガーならぬ逆説的な道元に親近感をもつ。これは日本回帰といっていい。だが、そうした大伯父ハルキの道元解釈はといえば、じつに実存主義的というかハイデガー的なのだ。なるほど大伯父ハルキは、「哲学するとは死ぬことを学ぶことだ」(323)などとまるで『葉隠』の「武士道とは死ぬことと見つけたり」を思わせる言葉を吐いて日本的にみえる。ところが、死に直面して初めて鮮烈な生きている実感を感じているといい、敵戦艦を目前にした自分を想像して、「死の瞬間、自分がついに完全に目覚めて、完全に生きられるのを楽しみにしています」(324)などと認《したた》めている。

この大伯父ハルキの実存主義的時間理解は、ナオの時間意識にも通じるのであり、本書の一貫した道元理解、有時の解釈といっていい。たとえば、ナオは物語の冒頭で、「わたしは有時《タイム・ビーイング》」(2)と書いている。だが、それはすでに触れたように存在的時間《ビーイング・タイム》(存在としての時間)ならぬ、時間的存在《タイム・ビーイング》といった意味で用いられている。その証拠にナオは後半では「わたしは期限切れの有時《タイム・ビーイング》」(340)などと言うようになる。つまり自分はなるほど時間存在であるが、それが死を前にした私なのだという実存的意識に変容しているのである。こうしたナオの時間意識が西欧的であることはその手記が意識の流れといった西欧的時間の代表的作家プルーストの名を冠していることでも暗示されている。

とはいえ、実存主義的解釈ではない道元的な時間理解もないわけではない。ナオが自分のありようを This is what now feels like. (341) と主語を nao ならぬ now としている所に端的に窺える。それこそ自我意識が消えて今という有時が感じているという状態を語っているさまの表現だからである。だが、これは後回しにするとして、どうだろう、『ある時の物語』には、日系移民文学としては文化変容《トランスカルチュレイション》という主題にみるべきあたらしさがあるというべきではないか。技法にしてからが、それに劣らず多彩なのである。

この小説ではイジメといった問題がリアルに描かれている。だが、テキストを読み進むにつれて、この小説はヤマシタの『サークル・T・サークルズ』のように、あるいはイシュマエル・リードの『ジャンボ・マンボ』のようにただ活字を読むだけという読書の外部へ拉致される。そこには大胆なタイポグラフィー(173, 228, 238)やカラス(349)や魚(98)の挿絵やパウンドの『カント集』を思わせるような漢字の生の字がイラストのように提示されたりするのである(362)。

しかもナオの手記とそれについてのルースの感想を記すテキストのなかに、手紙や遺書が挿入され、結果、さまざまな文体が混在し、さらには禅からの引用や、日本語の説明としての脚注や、あまつさえ参考文献や謝辞までが完備されている。今日では歴史小説などでは参考文献の提示は珍しいことではないのだが、それが単なる無断借用、剽窃といった非難を回避する手段ではなく、本文と響き合うように塩梅されているのである。

こうした趣向は一見実験的だが、作品のリアリズムの効果を損なうわけではない。だが、この作品はそうしたリアリズムの枠をあっさりと壊すかのように、心霊術的世界が導入されている。たとえば、ナオコは金縛りにもなるし、復讐のために生霊（いきすだま）となる。大伯父ハルキはお盆に幽霊となってナオコに出現し、愚痴るといった具合である。

だが、さらにシュールなのは、いつのまにか過去と現在の時間がループすることだ。ルースは、父ハルキが自殺しようとする手記を読むと、その晩の夢の中で、あろうことかテレパシーでハルキの自殺を思い留まらせる。ルースは夢を通して、バンクーバー島の現時点から日本の過去の現実へと移動したということになる。ここには夢と現実、過去と現在がループするといったさながらＳＦ的な事柄が出来している。これは『１Ｑ８４』の月が二つ登る世界が登場する多世界の併存に通じる事態だ。こうした多世界論は、ルースの禅理解にも窺える。ジコウによれば禅の悟りの境地は不二（194）であり、生死は一如などと表現される。これをルースは道元は死んでいるとも生きているともいえると具体的にイメージし、それを夫の解説するヒュー・エヴェレットの量子物理学的な多世界論で理解しようとする（399）。なるほどこれは禅の単なる誤解であると批判することは容易だ。だが、六〇年代以後フリッチョフ・カプラの『タオ自然学』などが代表するニューエイジ・サイエンスの流れがあったことを想起すれば、時間のループにしろ、ルースの強引なまでの禅と量子力学の糾合にしろ、たんにそうした文化の流儀にしたがったまでであったと合点がいく。したがってこの小説のアメリカナイズされた禅は、むしろ一種の文化変容《トランスカルチュレイション》の形であり、この小説はその成果を描くものといえ、単なる特殊移民二世的問題を扱うという従来のタイプから一歩踏み出したものとしてひとまずは評価すべきものなのだ。

だが、『ある時の物語』という英語、日本語の混在したテキストは、エクソフォニーの効果もまた発揮している。それはルースとナオの名前にまつわる言葉遊びに隠されている。ルースの場合、その名前の起源は旧約のルツである。だが、ルースは、ルツではなく、音が似ているからといって日本語の留守を連想している。ルースは自己の存在とは、じつは留守つまり不在なのだと解釈していることになる。実際、ルースは自分の存在とはナオによって書き出されたものにすぎないのではないかといった孤蝶の夢的な存在感覚を経験すらする。なるほどこの名前をめぐる言葉遊びの意味論上の効果は豊かである。だが、ぼくらの関心はそうした意味論的解釈にはない。このダジャレが英語プロパーではなりたたない、英語の外にでて日本語を参照しなければならないという事実にある。ルースから留守を連想するには、英語と日本語を知っている必要があり、そのうえで両者を横断する遊び心が必要なのである。それこそエクソフォニーの経験である。その結果、ルースの解釈はどうあれ、読者は英語と日本語の間に立つことになる。英米文化と日本文化の間に立つことになるのだ。そうやって日本人なら日本人としての自己の文化を相対化することが可能になる。これをぼくらは間文化的経験とよぶ。それを求めるのを間文化主義という。

ナオはといえば、ナオが now や no として連想されるのも同様のエクソフォニーの経験である。ナオはアメリカで日本語と英語のバイリンガル環境で育って自分はむしろアメリカ人であると思っている。そうしたナオは、自分の名前と音が類似しているということから、否応もなく英語の now を連想させられ、そのことでナオという名の自分の存在があいまいになり、同時に現在只今の今という意味があいまいになっていたという幼いころの経験を語っている (98)。このエクソフォニーの経験は、ナオにとって言葉遊びどころか苦渋であったのだが、作品の意味論では、成長したナオが現在に生きるといった生の形を達成するための起点を示す役割を果たしている。だが、ぼくらが注目したいのは、ナオが今を捉えるために now を連呼したというエピソードである。「今」といえばすぐにそれは「その時」になってしまう。それでナオは now を次第に ow, ow, oh, o という具合に短くすると最後はうめき声のようになったというのである (99)。なるほどこれはナオの名前にまつわる苦渋の経験を文字面の効果でつぶさに語っている。だが、ここにはそうした効果のほかにエクソフォニーの効果もまたある。ナオが now を連想させ、それが0つまりゼロ、無、空に至るわけであって、結果としてそれはナオの存在の空無化をだまって語っているというふうに解釈することも可能である。実際、ルースはナオからNOを連想している。Nao, she[Ruth] thinks, Nao, now, noooooo... (348) という次第だ。

それもこれも読者が英語の o を zero と読み、さらに零として日本語化し、それを禅の空、無に関係づけるというエクソフォニーの言葉遊びを実践した結果である。そうやってぼくらは日本語と英語の狭間に立ち、両者と両者が表象する文化を相対化する地点に立つのである。これはしかしナオの、したがって小説家ルース・オゼキの関知するところではない。この小説のテキストがひとりそうした効果を理解する読者に目配せしているだけである。むろんリアリズムの役目に終わりはない。だが、新しい技法は作者ばかりか読者にもあらたな現実を開示するのである。オゼキの日系文学としての可能性の一端もまた、そうしたところにあるといってまちがいない。

参考文献

Dogen. Shobogenzo: *The True Dharma-Eye Treasury*. Vol. I. trans. Gudo Wafu Nishijima and Chodo Cross. Berkley: Numata Center for Buddhist Translation and Research, 2011.

Keri Hulme. *The Bone People*. 1984, New York: the Penguin Group, 1986.

ジョイ・コガワ『失われた祖国』一九八一、長岡沙里訳、中央公論社、一九九八。

村上春樹『1Q84』新潮社、二〇〇九、二〇一〇。

Milton Murayama. *All I Asking for is My Body*. 1975, Honolulu: University of Hawaii, 1988.

中村和恵「南太平洋の現代文学」春日直樹編『オセアニア・ポストコロニアル』国際書院、二〇〇二、三七―七八。

ジョン・オカダ『ノー・ノー・ボーイ』一九七六、中山容訳、晶文社、一九七九。

Julie Otsuka. *When the Emperor was Divine*. 2002, New York: Anchor Books, 2003.

Ruth Ozeki. *All Over Creation*. New York: the Penguin Group, 2003.

Ruth Ozeki. *My Year of Meats*. 1998, New York: Penguin Books, 1999.

Ruth Ozeki. *A Tale for the Time Being*. 2013, Edinburgh: Canongate, 2013.（邦訳、田中文訳、早川書房、二〇一四）

多和田葉子『エクソフォニー――母語の外へ出る旅』岩波書店、二〇〇三。

多和田葉子『献灯使』講談社、二〇一一。

ヒサエ・ヤマモト『ヒサエ・ヤマモト作品集』山本岩夫、桧原美恵訳、南雲堂、二〇〇八。

カレン・テイ・ヤマシタ『熱帯雨林の彼方へ』一九九〇、風間賢二訳、新潮社、二〇一四。
Karen Tei Yamashita. *Brazil-Maru.* Minneapolis: Coffee House Press,1992.
Karen Tei Yamashita. *Circle K Cycles.* Minneapolis: Coffee House Press, 2001.

第4章　モハメド・ショークリ『パンのためだけに』を読む
――ポール・ボウルズの〈翻訳〉と二十一世紀英語文学の可能性

外山　健二

1　はじめに

ポール・ボウルズ（Paul Bowles, 一九一〇―九九）は絶望感を抱きつつ、北アフリカのモロッコで自らのアイデンティティを求めたアメリカの作家である。

それは、英米の諸作家、たとえばアイルランド出身のジェイムズ・ジョイス、イギリス出身のD・H・ロレンス、またアメリカ出身のヘンリー・ジェイムズやガートルード・スタインのように故国を離れて活躍した枚挙に暇無き文学者群の一人としてボウルズもまたあったということであるが、しかし欧米のそれら作家のほとんどが主要には欧米を一つの世界・故郷として移動したのに対し、ボウルズは、欧米世界とは別の世界であるモロッコを拠点としてイスラーム世界と欧米世界との出会いと衝突、そして理解を、その最前線から内面的な深いメスを入れてその文学世界に描いた。

論者はボウルズの長編作品『シェルタリング・スカイ』（一九四九）、『雨は降るがままにせよ』（一九五二）、『蜘蛛の家』（一九五五）などを中心とした一連の論考で、アメリカ文学史にそのような特異な位置を占めているボウルズ文学のもつ魅力と今日的意味を追究してきた。本稿は視角を変えて、翻訳家ボウルズに焦点を当ててみたい。ボウルズは下層階級に属するモロッコ人の語る物語を英訳した。ボウルズの〈翻訳〉研究に視点を移せば、彼が編集した『五つの眼』（一九七九）には、五人のモロッコ人が語るボウルズの英訳が収録されており、それらの〈翻訳文学〉を分析対象とする論考がある。だがその分析において、五人の語り手のうち最も看過されているのがモロッコの作家モハメド・ショークリ（Mohamed Choukri, 一九三五―二〇〇三）の分析である。それは「ショークリの描写は意識の内観とその研究」や、「彼の暗示的な散文の文体と認知」(Rountree 399) という指摘に留まり、彼の具体的な作品の言及には至っていない。この分析からも分かるように、ボウルズが〈翻訳〉対象としたモロッコの語り手のなかで、ショークリは研究対象として看過されてきた経緯がある。『五つの眼』の日本語訳として『モロッコ幻想物語』（岩波書店、二〇一三）があるが、「解説」で版権の継承のためショークリを削除したとあり、日本語訳でさえショークリの作品が看過されたことになる。管見によれば、ショークリの〈翻訳文学〉研究のなかでも、モロッコのオリエント言説が記述される、彼の作品『パンのためだけに』(*For Bread Alone*, 1973) は、一種の〈文化人類学的小説〉であり、英訳されることで西洋世界において機能することが重要であると主張する (Mullins 132) 研究がある。またボウルズによる、非西洋のテクスト〈翻訳〉が、〈第三世界文学〉の〈事例研究〉になるという論考 (Tanoukhi 127) も見られる。この作品から読み取れる、モロッコ社会の洞察力と、その社会で若者が生活環境を超越して生きようとする決意への賞賛 (Sawyer-Lauçanno 408) は、〈第三世界文学〉と同時に〈翻訳文学〉に対する〈事例研究〉の契機となるだろう。

本稿では、ショークリの自伝的小説を、ボウルズが英語に訳した〈翻訳文学〉である『パンのためだけに』を組上に載せ、二十一世紀英語文学の可能性においてこの作品がもつ意味、また、ボウルズの英語文学におけるその意味を追究したい。

2　ショークリの〈自由〉と〈解放〉

『パンのためだけに』は、主人公が幼少時から十代の少年へと成長する教養小説という側面を持つ。成長と共に社会の道徳的退廃を知り、父親の権威と暴力に畏怖し反発する少年時代を経て、やがて植民地政府の権力に抵抗する存在へと主人公は変容してゆく。

ショークリはこの作品が自伝であると認め、また、芸術作品というよりは〈社会的ドキュメント〉であるとも言っている（Ghazoul 220）。

この、モロッコの貧しい一人の子供の辛酸と苦闘を描いた自伝的リアリズム小説は、その子供の目でその異常な、そして同時にありふれたその具体的体験を語ることにおいて、現代史におけるモロッコの社会的現状を強烈に炙り出している。

たとえば、次の場面である。どの公共施設にも弔旗が掲げられている。それを問うモハメドに、潜めた声が返ってくる。

一九一二年の三月三〇日にフランスの奴らが俺たちのモロッコを保護領にしたんだ。今日は、その日ってわけだ。スルタン（君主）・ムーレイ・ハフィードの時代のことだぜ！……今日でちょうど四十年ってことになるな。まったく、ひどい厄日だ……それも今日で終わりになるってわけだし、フランス人なんぞ、さっさと出てってくれってもんだ。(1)（110）

しかし状況は悪化し、この年一九五二年に、タンジールで反植民地暴動が起きる。治安警察隊は民衆に発砲し、それを鎮圧した。

　このような植民地状況下、生き残りを賭けて、モハメドは密輸団に加わり、また、時に男娼行為も受け入れる。蔓延する、同じアラブ人からの甘い誘いや暴力的なそれからは警戒し逃げても、車に乗りスペイン語を話す老人からの誘いには簡単に乗り、その愛撫に身を任せる。そして、金を受け取る。ホモセクシュアルな関係が植民地における植民者（外国人）と被植民者（アラブ人）の関係において展開されている。まさに〈社会的ドキュメント〉である。〈自由を奪われた者〉。それがモロッコ人であり、モハメドなのだ。

　だが、秘密警察に売春宿で摘発されたモハメドは、留置場と言う〈自由なき場〉に放り込まれる。皮肉なことに、この〈自由なき場〉での体験が、彼の〈真の自由〉への道へと繋がってゆく。その〈自由への道〉を開いてくれるのは、同じく売春宿で捕まったジラーシーという若者である。

　ジラーシーはちびた鉛筆を取り出し、壁に何かを書き始めた。
　何を書いてるんだい、と僕は尋ねた。
　アブウ・カーシム・シャービーという詩人の詩を二行書いているのさ。チュニジアの詩人だ。
(181)

アブウ・カーシム・シャービー(2)(1909–34)は、チュニジアの国民詩人として知られる。彼は、政治的な圧力のある社会を拒絶し、国民に進歩と革命を呼び覚ますことを求めた詩人として名高い(Joris 283)。モハメドはジラーシーを先生に、アラビア語の最初のアルファベットから覚え始める。また、〈自由〉を謳ったこの詩人の詩を暗誦する。

やがて留置場から〈解放〉されたモハメドが目指したのは、本屋であった。〈読み書き能力〉を獲得するために本を買うのである。そして、ジラーシーの兄のハッサンを知る。ハッサンは、真剣に勉強を志すモハメドを、知人の校長に紹介することを約束する。

3　ショークリ、スペイン兵、そしてリーフ地方

人は、その生まれた国・風土・歴史・文化にその生を大きく規定されている。ショークリの家族は、モロッコ北部のリーフ地方に住むベルベル人である。その丘陵地帯の一面に栽培されている大麻がベルベル人の生活の糧となっている。大麻の一種であるケイフは、大麻の葉と黒煙草の葉を混ぜ合わせたもので、たとえばカフェでの次の場面のように、モロッコの住民が一般的に吸う嗜好品である。

僕たちはみんな、アブデルマーレクがこのカフェの一番偉い常連客だと思っていた。彼は僕たちにアラビア語の雑誌を大きなはっきりした声で読んでくれた。そして、もしその記事がアラブのどこかの国の政治を論じたものだったりでもしたら、カフェのマスターはすぐさまラジオのスイッチを切って、誰もが皆、熱心にそれに聞き入った。……そして、彼が話している最中に、いつも誰かがケイフの詰まったパイプを差し出すのだった。(203–4)

このカフェには末端の知識人として新聞・雑誌の読めるアブデルマーレクが常連客となっている。彼はモハメドに文字と詩、そして〈自由〉を教えてくれたジラーシーの兄である。周りの男たちはすべて文字を知らない。ケイフを吸いながら、耳を澄ませてアブデルマーレクの読み上げる、定期刊行物に掲載された政治評論を聴いている。ケイフを吸う男たちの大衆的なコミュニケーションの場であるカフェが、文字世界を媒介として先鋭な政治の場へと変貌する。

ケイフは、モロッコの生活に溶け込んでいる。それは、リーフ地方を表象するものである。だが、このリーフ地方に飢饉が襲い、さらには戦争が追い打ちをかける。歴史的事実として、一九二二年、二四年、二五年に、リーフ地方は凶作に見舞われた（深澤 209）。

ここで「戦争」とは、「リーフ戦争」のことである。一九〇九年から二七年の十八年間、このリーフ地方において、スペインとモロッコの間での植民地戦争が繰り広げられたのである。一九〇九年のリーフ地方のベルベル人等による抵抗が、フランスの植民地計画による平和的侵入を破綻させた。さらに一四年に勃発した第一次世界大戦のため、スペイン軍は軍事作戦を計画通りに遂行できず、二一年の「アンワールの破局」で大敗北を喫する。この〈スペインの破局〉を契機として、リーフ地方のベルベル人アブドゥルカリームが指導者となり、「リーフ共和国」とよばれる政治体を形成する。

ここで、モハメドの父親に目を向けてみよう。この父親は飢えに叫び泣いているモハメドの幼い弟に癇癪を起こしひねり殺してしまう。野獣の狂気に取り憑かれた凶暴な男であるが、我が子を殺した後で夜を徹してむせび泣く男でもある。飢饉のために飢餓状態の父親は、元スペイン兵の経歴を生かして、スペイン兵と物々交換を行い、労働者や貧しいモロッコ人たちに売りつける（14）。だが、脱走兵だと分かってしまい、刑務所に収監されてしまう。

スペイン軍はリーフ戦争で原住民に依拠したが、「アンワールの破局」では原住民であるベルベル人の大量逃亡を見た。モハメドの父親もその一人だったのかもしれない。また、モハメドが生まれる前一九二〇年代や生まれた翌々三七年の凶作によって、ショークリ一家は大きな悲劇に見舞われたことでもあろう。

一九三六年から三九年まで、スペイン軍はモロッコの原住民を使用していた。モハメドの父親はこの時期に、スペイン兵としてショークリ一家を離れた可能性が高い。彼にはモロッコの農民として植民地軍に参加するか、さもなければ刑務所に繋がれるしか選択肢がなかったのである。モハメド自身の子供時代である、一九四〇年代から五〇年代にかけてのモロッコ社会の一つの現実がここにある。

モハメドが生まれ育ったのは、このような時代であり、政治的・社会的・文化的・風土的状況、そして、このような家庭においてなのであった。彼の〈読み書き能力〉の欠如は、その意味において〈必然的なもの〉であった。また、〈読み書き能力〉獲得へ向けて彼が歩み始めた道とは、そのような〈必然性〉に対する反逆であり、まさに〈自由への道〉に他ならなかった。

4　タンジール、『パンのためだけに』、そして〈翻訳〉

モハメドが生活の場とした主要な場所は、タンジールである。タンジールはモロッコ北部の突端に位置する。ヨーロッパ、アフリカ、そして地中海の突端として重なり、多くの西洋の旅行家や作家たちを魅了してきた。

モロッコは一九一二年のフェズ条約によってフランスの保護領に、同年の仏西条約によってスペインの保護領になった。フランス地区、スペイン地区、タンジール地区に分割されたのである。そして、タンジールは二三年に、国際管理下に置かれた。歴史的・文化的に多国籍な国際都市タンジールの誕生である。第一次世界大戦に至る植民地をめぐるヨーロッパ諸国間の対抗と同盟の二つながらに絡み合った複雑な意識がアラブ世界の一角であるモロッコに、そしてとりわけタンジールに刻印された。〈新たな植民地主義〉の成立とも言えるだろう。そのような形において、タンジールは独立する一九五六年まで「インターナショナル・ゾーン」であった。

タンジールは、対岸のスペインからわずか九マイルほどの距離しかない。〈夢の土地〉として、ケイフ等の大麻が乱用され、ビート世代のアメリカ作家たちもこぞって、いわばアメリカからの避難所としてやってきた。第二次世界大戦後の〈休憩所〉として機能したのである。そのなかに、ボウルズをはじめ、ガートルード・スタイン、ウィリアム・バロウズらがいた。バロウズはモロッコでショークリと友人になった。スタインはボウルズに最初にモロッコに行くことを勧めたことにおいて、彼の運命を決した。

ボウルズは一九四〇年代のアメリカには存在しない生活を求めて、タンジールにやってきた。そのボウルズが一九七〇年代に出会った多数のモロッコ人の中の一人が、ショークリであった。

一九七二年、イギリスの出版社主であるピーター・オーエンが、ボウルズに会うためにタンジールを訪れた。アメリカの雑誌『アンタイオス』に掲載された、ショークリの自伝の一部に目を止めたオーエンは、彼に会うことを望んだ。彼に会うやいなやオーエンは、ショークリに長編として自伝を書くように勧めた。ショークリは、作家として自立するためにも、自伝を完成させ、出版したいと考えていた。その前、この出版社は、ボウルズによって口語アラビア語（アンミーヤ）（これには多くの方言がある。ボウルズやショークリや以下の作家の場合はモロッコ方言。以下同）から英訳された作品を既に出版していた。下層階級に属するモロッコ人ドリス・ベン・ハーメッド・シャハルディの『穴だらけの人生』である。同様に、モハメド・ムラベの『数本の毛髪の愛』も、ボウルズによる英訳で出版されていた。ショークリは、タンジールにあるイヴン・バットウータ大学でアラビア語文学担当教員となった。シャハルディは、アメリカへ渡り、大学を卒業し、そして大学教員という地位に就いた。

ボウルズは、一九三〇年代初期に、雑誌『ヴュー』に乞われて、ボルヘスの『円環の廃墟』など海外の短編の〈翻訳〉を行うようになった。『ヴュー』編集室でボウルズが出会ったのは、パリの社会学研究所が刊行する『ドキュマン』や『ミノトール』と言った雑誌であった。これらは、シュールレアリズムと文化人類学が足並みを揃える形で、パリのシュールリアリストがアフリカへの眼差しを強めた時代を反映するものであった。

一九三八年にアメリカ共産党に入党したボウルズは、アメリカのナショナリズムや帝国主義を拒絶し、西洋の合理性をも拒否した。原初的な〈モノ〉に関心を示し、ポストコロニアル的な姿勢において、モロッコの文化の記録を実践した。

彼の最初の長編『シェルタリング・スカイ』にはシュールリアリズム的要素が見られ、自伝『止まることなく』(一九七二)にはシュールリアリズムの影響を受けた「自動筆記」が織り込まれている。また、モロッコの現地の説話文化の保存を、ボウルズは一九五〇年代にテープレコーダーによって始めている。これは、文化人類学的な活動と言える。六〇年代に入り、タンジールに住む現地人の青年たちが語る寓話などに耳を傾け、その英訳を行う。六五年、妻のジェインの脳卒中が悪化し、それを契機に、ボウルズは作家としての仕事から翻訳家としての仕事へと重心を移す。モロッコ人作家を〈発掘〉することにその主要な関心が移ってゆくのである。七十年代に入ると、モロッコの民間伝承に想を得た、一見聞き書き風の幻想的な短編を少なからず書いている。『時に穿つ』(一九八二)などがその成果として数えられる。

5 ボウルズによる英語文学の、モロッコでの〈受容〉状況

〈アメリカのなかの外国文学〉、あるいは〈モロッコの外国作家〉として、ボウルズの文学はナショナルな形でのアメリカ文学の範疇をはみ出る。彼はそのような新しい英語文学を、アラビア語を母国語とする作家群を発見・発掘し〈翻訳〉することにおいて、また、創造したのである。

モロッコ国内におけるボウルズの英語文学の受容状況を見ておこう。モロッコの独立時の英雄であるアラール・ファースィーは、反植民地主義の小説として、ボウルズの『蜘蛛の家』を賞賛した。モロッコの作家アブデルケビール・ハティビや、アメリカの大学で文学の博士号を取得したモロッコ人らによってポストコロニアル理論がモロッコにもたらされ、ボウルズの作品はモロッコで研究の対象となっていく。一九九〇年代に入ると、モロッコの大学のシラバスにボウルズの諸作品がリストアップされる。湾岸戦争の際には、アメリカ主導の多国籍軍にモロッコが参加すべきかどうかの議論で、モロッコの知識人はボウルズの諸作品を参考にした。モロッコの学生たちもボウルズの作品で卒業論文を書くようになった。モロッコの若者は英語を学ぶようになり、モロッコ独立後に支配的であったフランスとアラビア語の両言語使用という常識に揺さぶりがかけられた (Edwards 84–5)。

一方、モロッコにおけるボウルズ観に消極的な面が見られるのも事実である。一九七二年にボウルズと出会い、共同作業をしたショークリも、ボウルズの亡くなる三年前の九六年には、彼をホモセクシュアルである、書き言葉である文語アラビア語（フスハー）を理解できない、モロッコを愛するがモロッコ人を嫌悪している、と批判した。それについてボウルズは、雑誌インタビューの中で、ショークリは不健全でアルコール中毒であると批判している (Edwards 85)。

6 〈文化翻訳〉:「裸足のパン」から「パンのためだけに」へ

『パンのためだけに』の英訳が出版されたのはボウルズ晩年の一九七三年である。この〈翻訳〉はすんなりとはいかなかった。ボウルズは口語アラビア語に堪能であるが、この本は文語アラビア語で書かれており、ボウルズには理解できなかった。また、ショークリも英語が分からなかった。ボウルズはショークリに文語アラビア語を口語アラビア語に〈翻訳〉してもらい、さらに確認のため、ショークリにスペイン語やフランス語で言い直してもらった。

ショークリがスペイン語やフランス語が話せること自体は被植民地の住人の生活の必要からのものであるだろうし、その限り特筆すべきことでもないだろうが、文字を知らない幼年・少年時代を過ごしたショークリが、文語アラビア語で作品を書くまでに成長していたことは、注意しておく必要があるだろう。文語アラビア語は、古典アラビア語に基盤がある。古代・中世・近世と、ヨーロッパ世界に長く文語共通語としてあったラテン語のような位置を西アジアから北アフリカにかけて一貫するイスラーム世界において占めているのである。知識人としての高い教養が必要であり、知識人の条件そのものと言ってもよい。

ショークリは二十歳で文語アラビア語の教育を受け、二十四歳で小学校の教員となる(Ghazoul 225)。一九七三年まで教員生活を続け、構想段階の『パンのためだけに』の筋を生徒に話していた

(Choukri 1997 52)。アラビア語に加え、スペイン語の読み書きをも勉強したことで、アラビア語文学と西洋文学との差異を認識するショークリは、アラビア語文学が概して看過する政治、宗教、そして道徳性の諸要素を、この作品にあえて記述する (Ghazoul 221)。

当初の計画としては、本作品は文語アラビア語で書き、英訳と同時出版の予定であった。英語版は予定通り一九七三年に出版され、次いでフランス語版も八〇年に出版された。しかし、アラビア語で出版されたのは八二年と遅れた。これは、モロッコ王ハッサンⅡ世の片腕で後に内務大臣となるドリス・バスリ (Driss Basri) によって、セクシュアリティや麻薬の記述のために同書が不道徳として発禁とされたためである。数社の出版社に文語アラビア語での出版を断られ、カサブランカ・プレスからようやくアラビア語で出版されたが、それも自費出版の形であった。ともかくも、この九年の歳月の推移によるモロッコ社会の変化が、セクシュアリティの部分を含め、この作品に対する社会批評としての再評価を可能としたのである。

しかし、問題は尾を引いた。一九九九年一月、エジプトのカイロにあるカイロ・アメリカン大学 (American University of Cairo) の教授であるサミア・メレス (Samia Mehrez) が訴えられたのである。文学の授業で本作品を教材として使用し、セクシュアリティ表象を含む道徳的議論がなされたためである (Mehrez 232–4)。二〇〇五年にはこの大学のシラバスから『パンのためだけに』は排除された。

ここで、本作品を授業で扱ってもよいという立場は、一つに、〈サバルタン的な自叙伝〉の立場と言えるだろう。スピヴァクの『サバルタンは語ることができるか』との問いに対しての、「サバルタンは語ることができる」という立場である。このことが〈第三世界文学〉の表象へと連動する。英訳で既に出版されていた『パンのためだけに』は全世界で流通し、三十以上の言語に翻訳されたと言われている。二〇〇五年には映画化されもした。国際的な成功をおさめた作品と言えよう。ショークリは西洋の文学世界での地位を確立した。

ボウルズによる本作品の英訳は、〈翻訳文学〉の範疇に属する。モロッコを拠点に西洋世界に発信し続けたボウルズの〈翻訳文学〉は、西洋の文学的覇権への叛逆の側面を持つ。そこには、一九五〇年代から六〇年代にかけての、モロッコのポストコロニアル状況が影を落としている。〈オリエント〉を抹消し否定する抑圧的姿勢はないのである。西洋世界に無名な北アフリカの作家を否認せず、肯定する。抑圧せず、援助し育成する。〈オリエント〉の〈失われた声〉、音楽や口語アラビア語で語られる物語や人生に耳を傾け、〈記録〉し、〈翻訳〉する。

『パンのためだけに』の序文の直後に掲載された「用語解説」にみられるモロッコ特有の生活習慣等に係る英訳をみれば、ボウルズがモロッコに住み、現地のアラブ人と共に生活しなければ説明不可能と思われる〈翻訳〉がある。たとえば「マリコン」(maricon)という用語は、「男らしくない男、同性愛者」(8)と説明してあり、同時に「マジューン」(majoun)という用語は、「ペースト状のハシーシ」(8) と説明してある。このようなセクシュアリティや麻薬に係る英訳は、モロッコで生活をし、現地アラブ人と交流したボウルズだからこそ、可能となる証左ではないだろうか。『パンのためだけに』の初版であるピーター・オーエン版の表紙には、「ボウルズはモロッコ人以上によりモロッコを理解する」と、イギリスの『サンデー・タイムズ』の記事が掲載されている。

本作品のアラビア語の標題は、*al-Khubz al-hafi* である。原義は、“barefooted bread”「裸のパン」で、アラビア語の表現“bare bread”「むき出しの、ありのままの、裸のパン」とも通じる。何も付けずにそのまま食べるパン、素朴な、いわば「裸のパン」ということである。

英語版の標題の直訳〈パンだけのために〉(for bread alone) は、「パンだけのために働く」(work for bread alone) のように何らかの動詞（また主語）が略された表現である。

モハメドはカフェや外国人宅へ生活の糧を得るために住み込みで働く。男娼となったり、盗みをしたり、密輸団の手下になったりと、生きるために、合法・非合法を問わず「働く」。キリスト教世界に通底する価値観においては「働く」ではなく「犯罪を犯す」行為も、モハメドの生きる世界、兄弟姉妹が飢え死にまた殺されていった世界では、生きるための「まっとうな仕事」なのである。モハメドは密輸団の荷担ぎの仕事を値踏みして思う。

この仕事は盗みをしたり物乞いをしたりよりいいじゃないか。爺さんに舐められ吸われまくるより、はるかにましってもんだ……俺がこれまでやってきたどんな仕事よりもかっこいいよ。これが冒険ってもんさ！　一人前の男のやることだよ！ (146)

本書が西側世界に突き付けているものは、まさに、このような〈翻訳〉の問題なのである。〈翻訳〉の問題は多岐に亘る。本来のテクストが含まないものを〈翻訳〉過程において混入してしまう問題もそうである。キリスト教徒は、〈パンのためだけに〉(for bread alone) という表題で、容易に、旧約聖書「申命記」由来の言葉としてある、新約聖書の "Man shall not live by bread alone." (人はパンのみにて生くるにあらず) (マタイ書) の文句をその反対概念として思い浮かべるであろう。形式的には、それは、変容の相における〈誤った翻訳〉ということであるが、その〈変容の相〉は、実は、その本質において、この作品の真の主題と一致した〈正しい翻訳〉ともなっている。モハメドは〈パンのためだけに〉犯罪や非倫理をも省みず「働き」、ただ生きる。そのような人生から、〈読み書き能力〉の獲得を契機に、〈自由〉へと〈解放〉され、人間としてあるべき生き方を歩み始める。そこでは、「裸のパン」というアラビア語原題からの〈翻訳〉を介して、「裸のパン」という物質的存在を、キリスト教的価値観という理念的存在に結び付け、その価値観を否定する〈無神論〉者としてのボウルズの〈可視化〉にも通じる。

7　おわりに：翻訳家ボウルズ、そして二十一世紀英語文学に向けて

最後に、ボウルズの英語文学における、アラビア語からの〈翻訳文学〉の意味であり、意義を指摘しておきたい。ボウルズの〈翻訳文学〉には、スピヴァクの「翻訳の政治学」の論考が分析の契機となる。スピヴァクは、〈翻訳〉は強者の法へと裏切られ、第三世界文学がある種の流行の翻訳調に翻訳される (Spivak 314–5) と喝破する。このような彼女の〈翻訳論〉は、〈翻訳〉を〈裏切り〉と捉え、〈原書〉とその翻訳された〈翻訳文学〉の間に戯れる差異を抹消しているとし、ポストコロニアルな立場で、植民者としての翻訳者が強者となり、被植民者としての原作者の〈声〉を抹殺しているという主張である。

ボウルズの〈正しい翻訳〉には、スピヴァク的には〈裏切り〉行為があるとしも、それは差異の抹消ではなく、モロッコ特有の文化の〈顕在化〉、あるいは〈可視化〉の意義がある。お互いを批判しあう、ショークリ（原作者）とボウルズ（翻訳者）との間に横たわる〈衝突〉も、〈第三世界文学〉作品が英語圏読者向けに〈翻訳〉されるよう期待されている (Tanoukhi 127) という見解も成立するだろう。

ボウルズは、オリエントから作家を〈発掘〉することで、その作家をモロッコから英語圏へと〈解放〉する。それは、〈タンジール文学〉とも言うべき新たな文学の形を生み出した。たとえば

『パンのためだけに』が〈社会的ドキュメント〉として提起する生活のすべてにわたる宗教との深い関係である。街に溢れかえる同性愛とイスラームとの関係。アラビア語を話すことができないためにキリスト教徒と思われ相手にされない男の話。秘密警察に捕まった密輸団の一人が、自分の運命をアッラーの為せる業としてしまう話。そこには、ポストコロニアルなマグレブ（北アフリカ）の文学的表象が溢れ、きらめいている。

付言すれば〈翻訳文学〉研究は、〈翻訳学〉という領域で主に議論され、イーヴン＝ゾウハー(Even-Zohar) が考案した〈ポリシステム論〉が有効である。従来の文学理論が軽視しがちな〈翻訳文学〉を、〈ポリシステム論〉は文学研究対象として位置付ける。

> 文学ポリシステム論は、「名作」や高く評価される文学様式（例えば確立した韻文の形式）によってのみ構成されるのではなく、児童文学、大衆小説、翻訳文学のような、伝統的に文学研究の対象にならなかったジャンルも構成要因なのである。この新しい非エリート主義・非規定的なアプローチは、伝統的な価値判断を拒否することから生じるものであるが、翻訳研究の分野に広範な影響を及ぼすことになった。[3] (Baker 198)

この視点に立てば、ボウルズの英語文学における〈翻訳文学〉を、文学研究対象として理論的に捉えることができる。ボウルズによるアラブ世界の〈翻訳〉は、〈英語による諸文学〉(Literatures in English) や〈世界の諸英語文学〉(World English Literatures)、〈英語による世界文学〉(World Writing in English)、さらには〈英語による世界文学〉(World Literatures in English) として、また、評価し得るものである。それは、二十一世紀の〈英語文学〉に新たな領域を開拓するもので、フレドリック・ジェイムソンが言及する「第三世界文学の西洋における正典」(Jameson 17) 化にも通底しているだろう。

註

（1）ボウルズの英訳からの拙訳。頁数も同書のもの。既訳に奴田原睦明訳があり適宜参考にしたが、同訳はアラビア語原文からの直接の訳と思われ、拙訳とは必ずしも細部の日本語表現やニュアンスにおける作品理解で一致してはいない。ムハンマド・ショクリー「裸足のパン」奴田原睦明訳、現代世界と文化の会編『グリオ』1993. Vol.5（平凡社、一九九三年）。なお、今福龍太ほか編『私の謎』（岩波書店、一九九七年）に同訳の第一章が収録されている。

（2）彼の唯一の詩集、『生活の歌』（英訳は *Songs of Life*, 1955）は死後出版された。なかでも、「世界の暴君者へ」"To the Tyrants of the World" は人口に膾炙し、チュニジアで大きな出来事があるときなど、ナシード（イスラームの宗教歌謡）として歌われることが多い。

（3）日本語訳として、モナ・ベイカー&ガブリエラ・サルダーニャ編『翻訳研究のキーワード』藤濤文子監修・編訳、井原紀子・田辺希久子訳（研究社、二〇一三年）を適宜参考にした。

参照文献

Baker, Mona, and Gabriela Saldanha. Eds. *Routledge Encyclopedia of Translation Studies*. New York: Routledge, 1998. Print.

Choukri, Mohamed. *For Bread Alone*. Trans. Paul Bowels. 1973. London: Telegram, 2010. Print.

——. *Paul Bowles in Tangier*. Trans. Gretchen Head and John Garrett. London: Telegram, 1997. Print.

Edwards, Briant T. *Morocco Bound*. Durham: Duke University Press, 2005. Print.

Ghazoul, Ferial J., and Barbara Harlow. Eds. *The View from Within: Writers and Critics on Contemporary Arabic Literature*. Cairo: The American University Press, 1994. Print.

Jameson, Frederic. "Third-World Literature in the Era of Multinational Captialism." *Social Text* 15 (1986): 65–88. Print.

Joris, Pierre, and Habib Tengour. Eds. *Poems for the Millennium: The University of California Book of North African Literature*. Berkeley: University of California Press, 2012. Print.

Mehrez, Samia. *Egypt's Culture Wars: Politics and Practice*. Cairo: The American University in Cairo Press, 2010. Print.

Mullins, Greg. *Colonial Affairs: Bowles, Burroughs, and Chester Write Tangier*. Wisconsin: The University of Wisconsin Press, 2002. Print.

Rountree, Mary Martin. "Paul Bowles: Translations from the Moghrebi." *Twentieth Century Literature* 32 (1986): 388–401. Print.

Sawyer-Lauçanno, Christopher. *An Invisible Spectator: A Biography of Paul Bowles*. New York: The Ecco Press, 1989. Print.

Spivak, Gayatri Chakravorty. "The Politics of Translation." *The Translation Studies Reader*. Ed. Lawrence Venuti. New York: Routledge, 2000. 312–30. Print.

Tanoukhi, Nirvana. "Rewriting Political Commitment for an International Canon: Paul Bowles's *For Bread Alone* as Translation of Mohamed Choukri's *Al-Khoubz Al-Hafi*." *Research in African Literatures* 34.2 (2003): 127–144. Print.

深澤安博『アブドルカリームの恐怖——リーフ戦争とスペイン政治・社会の動揺』論創社、二〇一五.

第二部

伝統と実験
——過去の文学の再虚構化

第5章

帝国の失われた子どもたち

――キャリル・フィリップス『ロスト・チャイルド』論

小林　英里

序

二〇一五年に出版されたキャリル・フィリップスの小説『ロスト・チャイルド』は、三つの時代と三つの空間を往還しながら、さまざまな登場人物たちの生きざまが丁寧に描かれ、「家族」という問題が取り扱われている。ひとつめの時空は小説冒頭で示されており、それは一八世紀のイギリス北西部の港町リバプールである。場末の路地でアフリカ系の奴隷の女性が幼い息子を残して病死する。小説末部では、アーンショウ氏という登場人物が、リバプールを後にして自邸の「嵐が丘」屋敷に小説冒頭での女性が残した遺児を連れ帰る場面で幕を閉じる。本小説ではエミリー・ブロンテの『嵐が丘』の登場人物ヒースクリフが、じつは奴隷商人であるアーンショウ氏と奴隷女性のあいだに生まれた子どもであるという設定になっているのだ。ブロンテの原作では出自のはっきりしないヒースクリフであるが、本小説では奴隷商人と奴隷との間に生まれた子どもであったとされ、作者自身の解釈によって独特な小説世界が提示されている。言い換えるならば、この第一の時空においては小説『嵐が丘』の前篇という要素が前景化されている。

ふたつめの時空は、小説中盤に明らかになる。ここでは一九世紀前半のヨークシャーのハワースが舞台であり、シャーロット・ブロンテが死の床にある妹エミリーを前にしてさまざまな想いをめぐらす場面に始まり、エミリー自身が「わたしはふたつの世界に生きている」（一一二頁）と自覚する場面で幕を閉じる。父親や長兄ブランウェルや末妹アンも登場し、ブロンテ一家という家族の物語がこの第二の時空で綴られていく。

みっつめの時空であり、かつ本小説の中核をなすストーリーは、一九三七年にイングランド北部の都市リーズ近郊に生まれたモニカ・ジョンソンにまつわる物語である。教育熱心だが妻を見下している父親から離れるべく、一九六〇年代にオクスフォード大学の女子カレッジに入学したモニカは、アフリカ系カリブ人留学生の大学院生ジュリアン・ウィルソンと出会い恋に落ち、ジュリアンの就職とともに大学を離れて結婚する。しかしカリブ海諸国の独立運動に身を投じるようになるジュリアンに共感を持てなくなったモニカは、二人の息子を連れて故郷のイングランド北部の町へ移り住むが、自身の精神状態が不安定になると同時に、サイコパス的な男性との付き合いも始まる。小説後半ではモニカの長兄ベンが語り始めることで、祖父母―母―孫の三世代のナラティヴが重なり合い、一九六〇年代から九〇年代にかけてのイングランドの一家庭の問題がつまびらかになる。

『嵐が丘』の登場人物やその作者エミリー・ブロンテの家族にまつわる物語を折り込みながらも、同時に、本小説がきわめて自伝的要素が強いことを考慮すると、ブラック・ブリティッシュの作家キャリル・フィリップスの創作上の関心は、あくまでも現代のイギリスの（終わらない）人種主義をはじめとする、さまざまな世界の社会的問題の探求にあると考えられる。帝国主義や植民地主義といった過去の負債が現在にどのように繋がっているのかという点がフィリップス自身の問題意識にもとづいて考察され、小説というかたちで問題提起がなされ解決の糸口が模索されているようにも思われる。よって本稿では、一九世紀のイギリス帝国主義により生み出された「失われた子ども」が、二〇世紀の差別主義に苦しむ「失われた子ども」へと置換されていくさまをたどろうと思う。時空を超えて彼ら／彼女らをつないでいく小説技法に着目し、これが批評理論で用いられる「間テクスト性」の戦略になりうることを指摘し、最終的には本小説とそのほかのテクストが織りなすことで生まれる効果について考察していきたい。

一　間テクスト性の戦略（一）
――ブロンテ一家、ヒースクリフ、奴隷制の告発――

『ロスト・チャイルド』は、一九世紀イギリスヴィクトリア時代の女性作家ブロンテ姉妹の「家族」についての記述にいくつかの章を割いている。第四章の小説上の舞台はヨークシャーのハワースであり、ブロンテ一家のエミリー、シャーロット、アン、ブランウェル、父親が登場する。シャーロットとエミリーがハワースを離れ、ベルギーのブリュッセルの学校に行ったときのようすや、彼の地に行った結果、エミリーが「二度とこのハワースを離れることはしない」（一〇四頁）と述べる場面から分かるように、ブロンテ姉妹の伝記がまことしやかに語られる部分もある。着目に値するのは、エミリーがヒースの花咲く荒野を「ホーム」（一〇四頁）とするようすが強調されている点である。さらに、この章での後半では、いつからかエミリーは荒野からやってきた男の子について想いをめぐらす。この少年については、小説ではきわめて曖昧な書き方がなされていて、エミリーの創作上の人物であるヒースクリフなのか、あるいは本小説の別の章との関連から、さまよい子となってしまった登場人物の少年なのか、読者は存分に想像力を働かせなくてはならないような仕掛けがなされている。

第四章の最終部分ではエミリーの最期が扱われる。熱にうかされる夢のなかで彼女は自分の作品の登場人物アーンショウ氏を自分の父親パトリックと混同してしまう。また、病床にあるにもかかわらず、まるで彼女の魂が肉体を離れて荒野をさまようかのように、「トップ・ウィトヘン」(1)（一一二頁）と呼ばれる農家を鳥瞰する場面があり、さらに「今行くわ」（一一二頁）とあるように、まるで『嵐が丘』のキャサリンがヒースクリフの呼び声に応えるかのような台詞が第四章末部で採用されている。「彼女は今や二つの世界に住んでいる。彼女は理解したのだ」（一一二頁）という表現で本章は締めくくられる。この二つの世界とは、エミリー・ブロンテが生きていた実際の世界と、時間を超えてムアーの荒野に永久にさまよう魂の世界の、ふたつを指していると解釈できる。

さて、小説はじめの第一章と第九章と第十章は、エミリー・ブロンテの『嵐が丘』の前篇として機能しているかのような印象を与える。小説の舞台は一八世紀のイギリス北西部の港町リバプールである。ここで明らかにされることは、アーンショウ氏が奴隷貿易を営んでいること（恐らくは「アンティグア」（二四三頁）に農園をもつ不在地主であろうこと）、その商談のためにこれまで何度も当時最大の奴隷貿易港であったリバプールを訪れていること、息子ブランウェルとそりが合わないことや娘エミリーの行く末が心配なこと、妻との関係もそれほどよくないことなどである。こうした一家の不安定さからくる不安からか、いつしかアーンショウ氏はリバプールで客引きをする娼婦と関係を持つようになる。関係が一年ほど続いたあとで、この女性は男の子を出産する。女性とその息子のためにアーンショウ氏は住居を用意したが、ある日家主から家賃滞納の知らせと、女性が病気であるためすぐに来て欲しいという知らせを受け取ってリバプールへ赴く。しかし女性はすでに亡くなっており、幼い自分の息子は行き先しれずとなっていた。「この町のストリート・ボーイとなってしまった子にどのような生存の希望を持てようか」（二五一頁）と絶望しつつも、リバプールの町をアーンショウ氏は歩き回る。リバプールで失われたこの子どもが見つかるのは、第九章末部においてである。

先ほど第四章にはエミリーの魂が荒野をさまよう場面があることは確認したが、ハワースのムアーがそのまま小説最後の第十章において再登場する。ここに描かれているのは、幼いヒースクリフがアーンショウ氏と馬に乗って嵐が丘邸へと向かっている最中のシーンであり、この遺児は「ママのところに返して」（二五九頁）とアーンショウ氏に懇願したり、「ぼくを離して」（二五九頁）とだだをこねたりしている。まさに小説が最後の部分で示すのは「もうすぐホームだよ」（二六〇頁）というアーンショウ氏の言葉であり、この「ホーム」という表現は先ほど見たように、エミリーが使った「ホーム」という表現と重なり合う。このようにハワースの荒野は、小説中の「失われた子ども」たちが時空を超えてさまよう場だと解釈できる。

以上見てきたように、『ロスト・チャイルド』におけるブロンテ一家への言及や、エミリー自身への関心の高さや、『嵐が丘』に着想を得たと思われる少なからぬ記述から、本小説は「間テクスト性」の一戦略を提示していると指摘できるだろう。つまり、ひとつではなく複数のテクストが示されることで、読者は登場人物たちの類似点（と相違点）を積極的に考察することになる。とくに『嵐が丘』のヒースクリフの出自についてはアフリカ系黒人「奴隷」ではないかという指摘があり、(2)ヒースクリフを経由することで、本小説は負の遺産である奴隷制の問題を告発しているとも考えられる。奴隷制の遺児ヒースクリフは、ヨークシャーのハワースの原野を永遠にさまよい続けなくてはならないと理解することで、奴隷制という負の遺産が、わたしたち読者には否応なく前景化されてくるといえよう。

二　間テクスト性の戦略（二）
――モニカ・ジョンソン、ジーン・リース、狂女の系譜――

『ロスト・チャイルド』第二章の「初恋」と題された章は、本小説の主人公モニカ・ジョンソンと彼女の父親の不和な関係の描写で始まる。イングランド北部の有名なグラマー・スクールの校長を務める父は、娘の教育も厳しくおこなってきており、それに反発してなのか、モニカはこれまでに反抗的な態度をとってきたようである。父親は妻に対しても高圧的で、そのためモニカの母親はいつのまにか夫に「服従」（一六頁）するようになっていた。ティーン・エイジャーになるころまでにモニカは、両親のどちらにも距離を置くようになる。一九五〇年代の英国北部のある家庭における小さな家父長制が示される。

第二章は物語の進行が早く、すでに大学生になったモニカはカレッジを訪れた父親の相手をする場面へと変化する。長年の不仲さゆえに父親に対して冷淡な態度をとってしまった彼女は、ばつの悪さから、恋人のジュリアス・ウィルソンに会いに行く。彼は同じオクスフォード大学の大学院に籍を置く海外からの留学生であり、現在博士号を出し終えたばかりで口述試験を待っている状態である。第二章の時代設定は一九六〇年代となっており、彼は「反植民地主義クラブ」(二九頁)の設立と発展に関心をもっていることから、ジュリアスはカリブ系移民であると推察できる。小説はジュリアスを、何事においても日和見的で責任感がなく、しかしながらプライドだけは高いという性格づけをおこなっている。植民地の独立運動といった実際の政治活動に関心をもつものの、それは心からの祖国の独立を願ったためというわけではなく、すこし時間が経つとその関心も冷めてしまう。さらには元妻に対しても非常に冷酷とも言える見方をしている。「学がない」(三五頁)であるとか、「その種の人間」(三五頁)であると彼女を表現している。元妻は同郷の出身の黒人女性と思われるが、白人であるモニカに対して見下す表現は見当たらないことから、ジュリアスはある種の人種差別主義者であるかもしれない。

しかしながら移民として長年ジュリアスが差別を受けてきたことを小説は指摘するのを忘れな

い。第二章末部では彼がモニカだけでなく息子二人にも興味を失い、ひいてはイギリスという国にも関心がなくなり、故郷のカリブの島で大学講師になることを決意する場面が描かれる。ここは、前節との関連で述べるならば、ヒースクリフと同様に奴隷制の遺児である移民者のジュリアス・ウィルソンが、宗主国イギリスを見限る場面であると読むことも可能だろう。ときに「植民地以降」と訳される「ポストコロニアル」という語ではあるが、ジュリアスのイギリスやイギリス人に対する態度を見ていると、「植民地主義は終わっていない」と感じざるを得ない。フィリップスのほかの作品を評するルーシー・ジレットが述べているように、フィリップスは「奴隷制の新しい歴史を記述しようとしていて、……植民地主義の終焉は帝国主義の消滅と軌を一にしていることに反論している」（三二四頁）といえよう。

ジュリアスが仕事に出かけているときモニカは家事以外やることもなく、孤独感を感じていた。モニカには一瞬「表情がなくなる」（三五頁）ときがあり、この部分は小説後半でモニカが精神を病む部分の伏線となっている。ジュリアスは彼女が「幸せではない」（三五頁）ことに気がついていて、仕事が終わってもまっすぐに家には戻らず、頻繁にパブに寄り道をしていた。

モニカは妊娠する。公共機関の乗り物で席を譲られて、自分は突然世間の人々と同様自分自身に対しても「目に見えるような存在」（三七頁）になったと感じる。それまで自分はジュリアスに経済的に頼る女性であり、ワンルームのアパートで彼の帰りを待つしかなかったのだ。しかしそうした発見による驚きも一時のことで、狭いアパートの一室で今度はお腹の子どもと共にジュリアスの帰りを待つことになる。この頃ふたりはロンドンで暮らしており、やはり手狭の安アパートであったがゆえに、息苦しさからモニカは外に出ることが頻繁になる。地元の図書館で本を借りたり、近くの公園のベンチで時間を過ごす。このようにお金がないため無料の公共の場をひたすら歩くモニカの姿は、ジーン・リースの戦間期の小説で描かれるヒロインのイメージと重なる。とくに『真夜中よ、おはよう』のヒロイン、サーシャ・ジェンセンは、昼間は時間を潰すためにパリやロンドンの街を歩き、夜はおそらくは客を取るために場末の通りに立つ。植民地出身の貧困女性の生活の困難さや、やりきれなさ、そして、やるせなさが、サーシャの描写から強く伝わってくる小説となっている。べつの小説の登場人物の困難さが喚起されることで、同時にモニカのそれも一層強調されるといえる。

リーズへ子どもたちと移り住んだあとモニカは、近所に住むシングルマザーのパメラと知己になる。パメラは見た目が派手で、娘を残して遊びに出かけることもしばしばである。時代は一九五〇年代末頃で、「子どもを家に置いて出かける単身の母親」というイメージは、批評家のベネディクテ・レーデントの指摘する「キッチン・シンク・ドラマ」(3)が扱ったテーマと類似している。つまり作者フィリップスは、本作品を一九五〇年代の「怒れる若者たち」が描いた作品群のなかに位置づけようとしているとも考えられる。とりわけ、娘をおいて遊びに出かける母親を描いたシーラ・ディレーニの戯曲『蜜の味』との比較は、舞台がイングランド北部で『ロスト・チャイルド』と状況が似ているため、必須事項だろう。

　小説後半ではモニカが正気を失っていくさまと彼女の死が描かれる。第八章「孤独に」と題された章では、モニカの遺品の手記が小説内に転記されている。それによると、三六歳の彼女は、ロンドンのパブで出会った怪しげな男にアパートを提供され、「屋根裏」（二一四頁）に上がっていったり、夜、ほかの住人が寝静まったあとで階下に下りていってお茶を入れることなどが記載されている。これらの場面はシャーロット・ブロンテの『ジェイン・エア』の屋根裏の狂女バーサの行動を強く思い出させる。[4] さらに正気を失っているモニカは半裸でアパートの共同部分を歩き回り、住人に通報されて警官がやってきて尋問を受ける。風紀紊乱の罪に問われることはなかったが、このあたりはジーン・リースの短編小説「ジャズと呼びたきゃ呼べばいいわ」で投獄されるヒロインのセリーナ・デーヴィスを思い起させる。「狂女」の語りには共通性があるのかもしれないし、作者フィリップスが「狂女」を描いた先輩作家に対してオマージュをささげているのかもしれない。いずれにせよ、こうした「間テクスト性」の手法により、読みと解釈に重層性が増す。

　正気を失ってしまったモニカの語りの中にも、母親として子どもたちを思う親心も描かれている。デレックが子どもたちに関心があるそぶりをみせて「写真をほしがったとき」（二二三頁）、彼の本性に気がつくべきではなかったかと自責の念にとらわれ、「悪いのはわたしだ」（二二三頁）とはっきりと悟っている。モニカの狂気の主原因は子どもを失ったことにあると解釈できる。次男を誘拐したとされているデレック・エヴァンズは小児性愛好者であり、もちろん彼は男性であるので、(男児を愛好する)小児性愛好者の男によって狂気へと追い込まれる女という、非対称的なジェンダーの構図をここに読み取ることも可能である。

そして第八章最後の場面では、ジーン・リースの『サルガッソーの広い海』のアントワネットの台詞と全く同じ台詞をモニカもつぶやく。「ここには鏡がないから自分がどうなっているのかわからない」(二三六頁)である。アントワネットはこの台詞をつぶやいてから、ロウソクを手に階下へ下りていき、火をつけ、屋根から飛び降りる。アントワネットの死を予感させる台詞であるが、小説で同じ台詞をモニカにもつぶやかせることで、モニカ自身の死期が近いことが示唆されてくる。実際に第八章はこの台詞のあと二段落が続いて終結する。最後の段落では、「わたしにはかつて子どもがいた」(二三六頁)というモニカの過去形の言葉が用いられていて、つまりこのことは、モニカの子どもたちは「失われたこと」を示していると考えられる。そして、この第八章自体がモニカの残した遺品であると指摘できるため、モニカ自身も「失われた子ども」であるという解釈も成り立つだろう。次男のトミーはすでに行方知れずで「失われて」しまっていると考えてもよいので、こうして小説『ロスト・チャイルド』は題名通りに「失われた子ども」に徹底的にこだわった作品であると指摘できる。

三　失われた子どもたち――ベン、トミー、モニカ――

前節で触れた本小説の「失われた子ども」へのこだわりを、ここ最終節において再確認したい。小説におけるモニカの父親ジョンソン氏の役回りは、娘モニカも孫二人も彼にとっては「失われた子ども」であることを示すことにあろう。彼は娘との関係がよくなく、孫たちとも祖父としての交流は皆無である。モニカは親よりも先に死去するいわば親不孝者であり、末孫のトミーは見つからないままの行方知れずであるし、ジョンソン氏が交流を始めたいと思っている初孫のベンは連絡先を教えても連絡してこないことが小説末部では示唆されている。こうしたジョンソン氏の「孤独」を示すことで小説は、彼にとって孫も娘も「失われた」状態であることを示している。よって最終節では、ジョンソン氏の表象を通じて小説の「失われた子ども」というテーマを追求する。

第七章「(定冠詞なしの) 家族」においては、モニカの死後、ジョンソン氏とベンが十年ぶりに再会する場面を扱っている。モニカの遺品は、父親であるジョンソン氏に委ねられ、彼はこれを孫のベンに渡そうと決意する。モニカ一家とはずっと没交渉であったため、社会福祉士経由でベンを探したところ、孫はオックスフォード大学の学生となっていて、その年は大学在籍の最終年であることが判明する。所属するカレッジのポーターに今は最終試験中であると言われ、試験をおこなっている建物の外から孫をみつめる場面で第七章は始まる。(5) 第七章では、実際にベンと話をするまでのジョンソン氏による視点から、娘との「失われた」時間が回想されていく。

妻のルースはすでに他界し独居老人となったため、ジョンソン氏はかつて家族で暮らしていた家を売却し、郊外の単身世帯用の住居に引っ越していた。モニカの死については、ロンドンの病院から電話による知らせを受け、死因は「薬の過剰摂取」（一九九頁）とのことだった。遺体の確認と遺品引き取りのために至急ロンドンへきてほしいとの電話で、病院での作業はビジネスライクに速やかに行われた。じつはモニカは病気を患ってから一度両親のもとを訪れていた。生活費に困っていたためで、ジョンソン氏はそのときに妻の残した金時計と紙幣を渡していたが、これが生前の娘を見た最後となった。

同じく第七章では成長したベンの視点から、前章で語られなかった部分が語られている。母の死後、ベンは母からの手紙や葉書をすべて処分したことや、同時にトミーを探す新聞記事や「デレック・エヴァンズに関する新聞記事」（二〇二頁）も捨てていたことが明らかになる。母親が自分を見捨てたという感情もわき起こり始めていた。さらには、弟トミーがデレックについて「ママの友達は嘘つきだ」（二〇五頁）と兄に訴えていたことも記述されており、弟を救えなかった兄ベンの自責の念も明らかになる。

祖父と孫は再会を果たしはしたが、ほとんど初対面であるため、ぎこちない会話となる。ベンの父親のジュリアス・ウィルソンはカリブの島の政治家となっているらしく、エリザベス女王が列席するコモンウェルス会議に出席しているようすが、テレビに映し出されたこともあったようだ。しかしベンはこのことを知らないし、ジョンソン氏もどう言ったらよいのか分からないため、話さない。卒業後の予定を聞かれてベンは、恋人のマンディと一緒に、イングランドの冬を避けるためにオーストラリアか極東にしばらく行くつもりと答える。こうしたかみ合わない会話の最後に、ジョンソン氏はモニカの遺品の入った封筒をベンに渡すが、ベンは結局その封筒を持ち帰らずに席においたままでその場をあとにする。第七章最後は、リーズへ向かう自家用車の中でジョンソン氏が「忘れるという能力は美徳である」（二〇八頁）と思う部分で締めくくられる。ベンは自分の連絡先を知っているため、取ろうと思えば「連絡はベンのほうから取ってくるだろう」（二〇九頁）という希望とともに、第七章は幕を閉じる。

このように、ジョンソン氏のナラティヴを小説で採用することで、いくつか利点が生まれる。ひとつには、実際に誘拐されて（死去して）失われた末孫トミーだけでなく、おそらく今後も交流が望めない初孫ベンも、和解することなく不仲のまま死去してしまった娘モニカも、小説『ロスト・チャイルド』においては「失われた子ども」であることを示すことができる点である。このことにより、ナラティヴに重層性が増すことになる。ふたつめとしては、ナラティヴを複数にすることで、ある特定のナラティヴを特権化させずに、複数のナラティヴを相対化することにつながっている点である。前節で述べた「間テクスト性」の議論とも関連することだが、複数のナラティヴをパラレルに置くことで、読者はその複数性のなかを行ったり来たりすることができ、ひとつのナラティヴを特化することができなくなる。これによって私たち読者は、従来「大きな物語」として提示されてきた宗主国側の歴史や文学史のなかの正典作品を特権化することができないし、絶対にそうしてはならないと考えるにいたるのではないだろうか。これは、現代ブラック・ブリティッシュの作家キャリル・フィリップスの「複数性のナラティヴの戦略」といえるだろう。(6)

結

以上、キャリル・フィリップスの二〇一五年に出版された新刊書を「失われた子ども」というテーマを中心に見てきた。エミリー・ブロンテの『嵐が丘』の登場人物アーンショウ氏が奴隷貿易を営む商人であるという設定や、ヒースクリフがアーンショウ氏と黒人女性との間に生まれた子どもであるという設定から、本小説はイギリスの帝国主義や植民地主義および人種主義を告発していると解釈できる。またモニカが狂女となっていくというプロットやジーン・リース作品への言及からは、本小説をフェミニズム小説の系譜に位置づけることが可能であり、ここに家父長制度への批判を読み取ることができる。小説『ロスト・チャイルド』は、静かに、しかしながら妥協をすることなく、イギリスの負の過去を見つめた作品であるといえるだろう。同時に、作品を読む読者の胸には、こうした過去が現代と密接につながっている問題として提示されてくるのである。

注

（1）「トップ・ウィトヘン」はハワースのブロンテ博物館近くの荒れ野にある廃墟となった農場であり、おそらくは『嵐が丘』執筆時にエミリー・ブロンテの発想の源となったと考えられている場である。

（2）メイヤーおよび小林を参照。

（3）一九五〇年代から六〇年代にかけてイギリスの演劇や小説において頻繁に用いられた文学的主題であり、社会に対して若者が抱く不安や不満をリアリズムの手法で描いたものである。「怒れる若者たち」と一般に言われた作家たちに代表される作品を指す。

（4）イギリス文学における狂女の歴史についてはエレイン・ショーウォルターを参照。

（5）ジョンソン氏がベンの所属するカレッジを訪れ、試験終了までティールームで孫を待つようすの描写は、フィリップス自身が所属していたオクスフォード大学クィーンズ・カレッジとその近所にある喫茶店のようすと非常に似ている。この描写から本小説はきわめて自伝性の強い作品であることが分かる。移民文学と自伝性という問題は、「移民の小説はその性質においてほぼ間違いなく自伝的である」というアザデ・セイハンの表現を引用するレイ・チョウの議論に詳しい。また、フィリップスとオクスフォードに関しては、ピーター・H・マースデンを参照。

（6）フィリップスのエッセイ集に見られる「複数の自己」を指摘する研究者もいる。ルイーズ・イェリンを参照。

一次文献

Phillips, Caryl. *The Lost Child*. London: Oneworld Book, 2015.

二次文献

Bronte, Charlotte. *Jane Eyre*. 1847. Ed. Richard J. Dunn. New York: W. W. Norton and Company, 1987.

Bronte, Emily. *Wuthering Heights*. 1847. Ed. Richard J. Dunn. New York: W. W. Norton and Company, 2002.

Chow, Rey. "The Secrets of Ethnic Abjection." *Traces* 2 (2001): 53–77.

Delany, Shelagh. *A Taste of Honey*. 1958. New York: Grove Press, 1994.

加藤恒彦『キャロル・フィリップスの世界——ブラック・ブリティシュ文学の現在』世界思想社、二〇〇八年。

小林英里「人種的他者としてのヒースクリフ」『英文学と他者』金星堂、二〇一四年。

Kobayashi, Eri. *Women and Mimicry*. Okayama: Fukuro Shuppan Publishing, 2011.

Ledente, Benedicte. *Caryl Phillips*. Manchester: Manchester University Press, 2002.

Marsden, Peter H. "Oxford." *Cross/Cultures 146: Caryl Phillips Writing in the Key of Life*. Amsterdam: Rodopi,

2012. 3–6.

Meyers, Susan. *Imperialism at Home*. New York: Cornell UP,1996.

Rhys, Jean. *Good Morning, Midnight*. 1939. New York: W. W. Norton and Company, 1986.

——. *Wide Sargasso Sea*. 1966. New York: W. W. Norton and Company, 1999.

——. “Let Them Call It Jazz.” *London Magazine* (February 1962): 69–83.

Seyhan, Azade. “Ethnic Selves/ Ethnic Signs: Invention of Self, Space, and Genealogy in Immigrant Writing.” *Culture/ Contexture: Explorations in Anthology and Literary Studies*. Ed. E. Valentine Daniel and Jeffrey M. Peck. Berkely: University of California Press, 1996. 175–194.

Showalter, Elaine. *The Female Malady: Women, Madness and English Culture, 1830–1980*. London: A Virago Book, 1987.

Yelin, Louise. “Plural Selves: The Dispersion of the Autobiographical Subject in the Essays of Caryl Phillips.” *Cross/Cultures 146: Caryl Phillips Writing in the Key of Life*. Amsterdam: Rodopi, 2012. 57–74.

第6章

二十一世紀のシャーロック・ホームズ

――ジュリアン・バーンズの『アーサーとジョージ』

田中　慶子

一　はじめに――ノンフィクション・ノベルというジャンル

ジュリアン・バーンズの『アーサーとジョージ』(Julian Barnes, *Arthur & George*) は二〇〇五年ブッカー賞候補となり、カズオ・イシグロの『私を離さないで』(*Never Let Me Go*) も同時に候補作品になっていた。『私を離さないで』はジャンルとしてはサイエンス・フィクションであるが、描かれるのはディストピアである。だがイギリス小説の王道はやはりリアリズム小説で、受賞はアイルランド系作家ジョン・バンヴィルの『海』(*The Sea*) に決定した。『アーサーとジョージ』は素材という点ではサー・アーサー・コナン・ドイルの自伝をそっくり引用したりしてオリジナリティに欠けるが、ノンフィクション・ノベルというジャンルの可能性を最大限に生かした作品であると思われる。

ノンフィクション・ノベルはトルーマン・カポーティが自作『冷血』(*In Cold Blood*) を称して初めて使われた語である。(Lodge, 94) 単なる歴史上の事件、作者の個人的経験、ある人物の生涯のルポタージュにとどまらず、事象の因果、メッセージを打ち出すためにキャラクターに肉付けして事実を再構築した小説である。実はノンフィクション・ノベルは古くは福音書のペテロの否認までさかのぼる長い伝統がある。この原初のナラティブは短い直接話法の対話であるが、「合理的に秩序づけられた展開望もなければ芸術的意図も」なく、ただ「語られるべき事件に密着している」だけである。(アウエルバッハ、八九―九三)

メアリー・ロデルはこのジャンルの実話と文学の接近と開かれた可能性について、すでに半世紀前に示唆し、そこに推理小説の最も完成した形をみていた。

この種の小説において最も力点の置かれるのは、激しい精神的圧迫のもとに置かれている人間を描くこと、彼らの行動の動機やその反応を分析すること、そしてまた、彼らのとる態度や生活ぶりに批判を加えることである。作家が、登場人物の心理の面やあるいは彼らの住む社会の様相に興味を寄せているにしても、とにかく作家の最大の関心は、謎の解決とか読者の極端

> な感情的反応などではなく、むしろ人間そのものなのである。彼の作品はその選択されたシチュエーションや人物のために、とかく実生活に最も近いものになり、したがって「実話」小説すれすれのものになってしまうものである。こういう形式こそ、文学的才能に対して最大の機会を与えるものであり、また、探偵小説や恐怖小説、冒険物語にあまり気のない読者にも楽しまれる境界性小説を生み出すものなのである。(Rodell. 12)

探偵小説は、犯人が分かってしまったら再読することはまずない。だが、ノンフィクション・ノベルの場合には、多くの読者はこの事件の結末を知っているのに、頁を繰るのももどかしいほどに先を読み進めずにはいられないのはなぜだろうか。以下、『アーサーとジョージ』においてバーンズがいかにノンフィクション・ノベルというジャンルの強みを活かしたのか、考察していくことにする。とりわけ不倫という伏せられた事実や人種差別といったデリケートな問題を扱うにあたって、いかなる力を発揮したかについて考えてみたい。

二　ふたつの不倫関係

二十一世紀になって、アーサー関連の資料は競売に出され、未発表の書簡集を含め多くが大英図書館の帰属となり公開された。アーサーの死後、初めて伝記を書いたのは、すでに伝記の名手として定評があったヘスキス・ピアソン（1887–1964）である。彼は遺族の協力のもと、生の原稿や書簡の提供を受けて大著を仕上げたが、アーサーの後年の心霊学への帰依についての叙述が、後妻の息子エイドリアンには人格と心霊主義の否定と受けとられたため、遺族は改めてアメリカで黄金時代の推理小説家として名を馳せていたジョン・ディクソン・カーに委託し、仕上がりは決定版とされるほど評価が高かった。カーのピアソンとの伝記の決定的な差異は、アーサーの妻トゥーイの生存中から始まったジーン・レッキーとのロマンスを暴露したことである。しかしピアソンもカーもアーサーの母の下宿人ウォーラーとの関係について書いていない。

ウォーラーについて詳述しているのは最新のラッセル・ミラーの伝記である。(Miller, 44–53) ウォーラーはアーサーのエディンバラ大学医学部への進路決定に大きく寄与した人物であり、経済力のないアーサーの父チャールズに代わって一家を支えた存在である。アーサーの父チャールズも母メアリーもいわゆる名門の血筋であるが、ウォーラー家も英国史上名高い軍人、文人を輩出している郷紳の跡取りである。チャールズが酒に溺れ、家父長としての役割を果たせなくなった後、アーサーと六歳しか年の違わないウォーラーはアーサーの末妹の名付け親になり、自分の名と母親の名を入れブライアン・メアリ・ジュリアア・ジョセフィンと名付けた。その事実だけでもウォーラーとの関係は不倫の疑いがあるが、この娘の懐妊時期にはチャールズは治療施設に入院していた。伝記記者たちは資料提供を受けている手前もあり、存命の子孫から名誉棄損で訴えられる恐れもあったから、深く言及することはできなかったであろう。アーサーが実家を出て、結婚して最初の所帯を持った後、母親と妹たちは、ウォーラーの領地の館に身を寄せることになった。母メアリーは三十年以上ウォーラーの地所に居住したのみならず、ウォーラーに合わせて英国国教会に改宗もしている。たとえプラトニックだったとしてもメアリーへのウォーラーの強い支配力は否定できない。バーンズはアーサーの視点で、彼に対する反感を息子の母に対する不信感まで明白に書いた。「アーサーが母さまへの手紙で使うことを意識的に避けていた言い廻しを使うなら、ウォーラーは自分の巣を作らずに他の鳥の巣を利用するカッコウになってしまった。」(45)

もうひとつのピアソンの伝記でふれられない不倫関係はアーサーとジーンである。アーサーは、妻が結核で療養中に若い歌手ジーンと恋に落ちたが、十年つきあい続けて妻の死の翌年再婚した。その所為なのか、彼は一九〇九年に離婚法改正同盟の会長に就任して十年間務めた。自伝『わが人生の思い出と冒険』はストランド・マガジン（*The Strand*）一九二三年十月〜一九二四年七月号に連載後、一九二四年九月に単行本化されたが、そこにはジーンは「私が長年親しんできたブラックヒース居住の一家の娘であり、私の母や妹とも親しい仲だった」としか触れられておらず、それを読む限りは家族ぐるみのつきあいの知人という印象である。二人の婚前の交際について、ピアソン版ではただ一行「アーサーはジーンの家族をしばらく前から知っていた」とされるのみであるが、カーは第九章「ロマンス」に二人の出会いとトゥーイの療養中に進行していたプラトニックな恋愛関係を記述している。『アーサーとジョージ』では母メアリーが二人の仲を認め、しばしばアーサーの相談を受け、シャペロンの役を買って出ていたことも描かれている。この不義の関係に対する母親の理解は、当然、母メアリー自身のウォーラーとの関係を踏まえてのことであると考えられる。『アーサーとジョージ』ではこのウォーラーとメアリーとの奇妙な関係が重要な伏線になっている。メアリーは、甲斐性のない夫を抱えつつ、息子アーサーに期待を託し、紋章学と騎士道を叩き込み、これはその後のアーサーの精神的なよりどころとなる。国家と主君に忠誠を誓い、女性や弱者を守り、戦場で勇ましく戦う騎士の姿はアーサーの理想となった。後年、彼が探偵小説を捨て歴史小説を本業と志すのも、その明らかな影響である。不倫愛を貫くのも騎士道精神の一環で、ランスロットとグィネヴィア王妃の不貞、肉体愛を禁じた騎士の宮廷恋愛が連想される。バーンズのノンフィクション・ノベルはこの母と息子のそれぞれの不倫を相対化し、共犯的関係とし、アーサーのディレンマを鮮明に描いた。

『アーサーとジョージ』は四部の構成になっている。第一部の「始まり」はアーサーとジョージの出生を語る。第二部の「終わりのある始まり」はジョージの冤罪による収監という受難と、アーサーの不倫愛の苦悩を指している。父チャールズがなくなった年、妻のトゥーイが肺結核の診断を受ける。アーサーは妻の転地や延命治療に尽くす一方、それから三年めにジーンに出会い、激しい恋をする。アーサーはジーンの存在をトゥーイ以外の周囲の人々に友人として公にしていた。母は苦容認していたが、妹のコニーと義弟ホーナングだけが不承認の態度を明らかにした。アーサーは苦しい不倫の恋を昇華させるようにスポーツに打ち込み、ボーア戦争に出陣する。これらの行為はジーンに自分の英雄ぶりを見せる機会でもあった。彼はボーア戦争の意見書をまとめたパンフレットを出してナイトの称号を得る。

アーサーの告白を受けて、ジーンはアーサーの霊的な伴侶の座に甘んじる意思を示した。だが九年にわたる妻の闘病生活の期間はアーサーにとって、ジーンを待たせていると思うと煉獄に等しかった。カトリックの家系と騎士道精神から、離婚してジーンとの再婚に踏み切るという選択はありえないし、社会的道義心からジーンを妾とするわけにもいかず、トゥーイの死が待たれていることは絶対本人に悟られてはならない。トゥーイの死を看取った後、アーサーは虚脱状態であった。自伝では、彼はトゥーイが長患いの果てに亡くなった直後、悲嘆にくれていたのだが、エイダルジの事件に遭遇して打ち込めることができて、再び生命力を取り戻したと弁明している。一方、バーンズの物語のアーサーはジーンとの結婚に障害がなくなって、もうトゥーイを気遣い演技をする必要がなくなったという意味では内心解放感があったはずである。だが、演技が彼の生活のあまりにも大きな部分を占めていて、ジーンに出会ってからの彼の人生は偽善と虚構に満ちていたということを自覚した。献身的な看護の裏で、実はこころ秘かにトゥーイの死を待っていたという罪意識と自己嫌悪にさいなまれ、アーサーはジーンへの情熱も冷めて愛の真実が疑わしくなってしまった。今後はジーンとの結婚に向けて踏み出すため、二人のなれ初めを隠ぺいする嘘を構築していかなければならない、そんな自己欺瞞に疲れ果てて体調まで崩したという閉塞状況であった。このような苦しみからアーサーの気を転じさせたのが、エイダルジの事件であった。

三　眼と人種的偏見

『アーサーとジョージ』の第一部「始まり」の冒頭はアーサーが祖母の臨終の床を目撃したという原風景の逸話から始まっている。「子供は見たがるものだ。」(3)　彼は子どもながらに見てはいけないことに気づき、すぐ部屋を出る。彼は長じて、医学生時代の教育で目を使う観察力に磨きがかかっていき、シャーロック・ホームズというキャラクター造形に役立つことになる。

二十一世紀のグローバル化時代の読者には人間を皮膚の色で差別する白人優越主義は、ほぼ無教養の証となっているせいかバーンズはその言及を回避している。その代りジョージの眼に強調が置かれる。カーの伝記では「奇怪な」と形容され、スタシャワーの伝記では、「大きな飛び出した目は寄席の催眠術師のような風貌だった」(Stashower, 225) と記述されている。ジョージの事件の依頼を受けて、初めて面会したとき、アーサーは職業的見識で、ジョージの視覚的欠陥を見抜く。ジョージは極度の近眼で乱視もあるため眼鏡をかけても矯正しきれなかった。子ども時代は眼鏡を作らず、教室では親からの要望で前列に着席していたという。

　眼は飛び出し気味で、そのためこの元事務弁護士は虚ろな凝視するような目つきだった。サー・アーサーは元眼科医としての見識をもって目の前の青年を観察する。しかし同時に、世人がしばしば視覚異常を道徳的性格と結びつけ、誤った推測をしがちなこともよく承知している。

(294)

　アーサーは医学部に進学し、眼科医を志してウィーンに留学を計画するが、挫折し断念する。ジョージの視力についてアーサーは一流の眼科医に彼の視力のデータを作らせ彼の無実の最大の根拠としたが、結局、効をなさなかった。秘書のアルフレッド・ウッドはジョージの視力の悪さを決定的証拠と断定する元眼科医としてのアーサーの資質に疑いを持っていた。

主人が眼科を開業していた期間を通して、これほど度の強い乱視性近視に出くわしたことがなかったというのは成程、事実かもしれない。しかし、ウッドは何度も聞いていた、私はデヴォンシャ・プレイスでいちばん待合室の空いている眼科医でした。記録的患者不足のおかげで本を書く時間ができたというわけです、と語ってはサー・アーサーが晩餐の席で笑いをとるのを。(337)

ジョージの視力的な限界は、他者への想像力の乏しさを暗示していた。見えるものしか信じない。イギリス法典と物証だけが信じられる。自分は人種差別によって迫害される理由がないといって理解を拒否するのである。一方、アンソン警察本部長はアーサーとの対話で、ジョージの出目を結婚できない理由として挙げたばかりでなく、眼球突出は性欲過剰と結びついていて、抑圧された性欲があのような事件を引き起こしたのだと決めつけた。

四　帝国主義と人種主義

アーサーと出会ったとき、ジョージも一時停止状態でいた。彼は監獄から釈放されても、事務弁護士の職位を失い、故郷にも戻れず、ロンドンに仮住まいをしていた。

アーサーとジョージの経歴を見ると、アーサーは一八五九年に九人兄弟の長男としてエディンバラで生まれイエズス会系の学校を経てエディンバラ大学を出て医師になった。一方、ジョージはパーシーの出のバーミンガム近郊の寒村グレート・ワーリー教区牧師の長男として生まれ、グラマー・スクールを経てバーミンガム大学を出て事務弁護士になる。ともに高学歴で知的階級であるし、キリスト教から乖離している。ジョージは法学を修め、キリスト教信仰が不要となった。アーサーはセカンド・ネームがイグナチアスで、両親ともカトリック教徒だったが、イエズス会系の寄宿学校時代に既に信仰が薄らぎ、後年心霊主義を標榜した。縁もゆかりもなかった二人の人生が交差するのが、この冤罪事件である。初対面でアーサーもジョージとの接点を見つけ、歩み寄ろうとしていた。「あなたと私は、ジョージ、君と僕は、われわれは名誉イングランド人なのですよ」(303)

「名誉人民」という表現は他の人種に属している他者に振り向けられる。この言い廻しは人種差別政策を行っている制度下において、本来ならば差別される人種を、差別されない側の人種として扱う。アーサーはイングランドの英雄の名である。ジョージもイングランドの守護聖人の名である。二人とも少年時代にイングランド人として育てられた。しかしジョージとアーサーはどちらも生粋のイングランド人ではなく、アーサーの祖先はスコットランド人とアイルランド人であり、ジョージはペルシャ系インド人の父と母はイングランド人である。イングランド人としては周縁的存在なのだが、アーサーはジョージに共にイングリッシュネスの意識のナショナリズム的連帯感をもつように示唆している。が、その言葉の裏でアーサーはその実、帝国主義的な白人優位思想の持主であったのでないか。

ジョージは獄中でストランド・マガジンを読破していることから、ここでアーサーの人種観の根拠として同誌に連載されたシャーロック・ホームズシリーズを想い起こしてみよう。シャーロック・ホームズの初期の中編『四つの署名』(*The Sign of Four*) はアンダマン諸島出身の「蛮人」の描写にヴィクトリア時代当時のイギリス植民地の現地人への差別的な描写が盛り込まれていることが指摘されている。同時代の『ブリタニカ』九版でもそれ以前のヨーロッパ人のステロタイプ的イメージの修正が記述されているのに、アーサーはそれを無視し、時代遅れのキャラクター造形をした。四つの長編と五十六の短編のうち、半数近くが旧植民地にかかわっている。インドが最多で、アフリカ、オーストラリア、中南米、ニュージーランド、東南アジアの順である。いずれも金鉱、受刑地に絡んで、財産がらみの紛争、風土病、凶器、毒物の産地であり、熱帯出身者はしばしば気性が激しい。正木恒夫はこれらを総括して、外地は総じて闇の世界で災いの発生源でありイギリスを汚染するが、ホームズが事件を解決し、清浄を取り戻すというプロットによって大英帝国の優位の図式が成立すると論じる。新興国アメリカも外地である。ヴィクトリア時代後期に大西洋を渡ってイギリスの貧乏貴族のもとに嫁いだアメリカの持参金付き花嫁も、ありふれた設定であった。

「黄色い顔」(The Yellow Face) という短編は一八九三年に英米で発表されたが、タイトルが示すように肌の色がポイントになっている。ロンドン郊外のノーベリに住むホップ商のマンローは裕福なアメリカ帰りの未亡人と結婚し仲睦まじく暮らしていた。ところが最近になって彼女が近くの無人のコテージに出入りしている事実をつかみ、問い詰めても事情を打ち明けてくれない。陰に悪い男がいると思いこんで、ホームズと共に踏み込むが、実は妻が前夫に似て肌の黒い、死んだはずの女の子をかくまっていたのであった。夫の疑惑もホームズの推理も外れるのであるが、女の子が屋内でも覆面と長手袋をつけさせられ、アフリカ系の夫が黄熱病で死んでいることから、当時の有色人種に対する偏見と閉鎖的な環境がわかる。アメリカで華人排斥法が成立したのは一八八二年で、イギリスのジャーナリズムでも盛んにとりあげられた。白人にとって恐怖と脅威の対象が黄色人種にも向けられてきたことが表れている作品である。

『アーサーとジョージ』の核心となる裁判についてジョージは人種的偏見によって自分が冤罪になったと認めようとしない。「陪審員が私を有罪としたのは、肌の色のせいでしょうか。そんな考えは安直すぎます」(301) と証拠の無い推定を断固としてはねつける。検察側の弁論も裁判長も内務大臣も人種的偏見をもってジョージを有罪にしたとは信じていないのである。これはジョージが自分をイングランド人であると自負しているからである。その頑なな姿勢にアーサーは感銘を受けた。

アーサーは、独自の調査結果をまとめエイダルジ事件の報告書をアンソン警察本部長に送りつけると、アンソンからディナーの招待が来た。食後の会話で敵対するアンソンとアーサーは意外な意見の一致をみる。グレート・ワーリーに有色人種の司祭が任命されたことがそもそもの間違いであったという。アーサーは同意した。「だがあのように鄙俗で野蛮な教区に有色人種の司祭を配置すれば、憂慮すべき事態を引き起こすことは必至だった。これは二度と繰り返されるべきではない試みだ。」(372–3) アンソンはさらにジョージの成年になっても父親と寝室を共にしていたという事実を彼の変態的凶行の根拠とした偏見に満ちた持論を滔々とまくしたてた。アーサーは彼自身の母親との精神的癒着、少年時代の夢精の経験を不意に突かれて、反論すべき言葉を失った。

アンソンとの面談後、アーサーが毒気にあてられ憤怒にまかせて書きあげたデイリー・テレグラフに掲載された論説は、このように結ばれている。「門前払いを喰わされた我々は、今、正義の裁きを求める。最高裁は、事実を公正に提示すれば決して誤審することはない。我々は大英帝国国民にかような事態が放置されてよいものか否かを問う。」(396) さらに彼はジョージには恩赦が認められるも、判決を正当とし補償金も提示しない委員会の結論に対して、再度デイリー・テレグラフに寄稿し、「これ以上に吝嗇でこれ以上に非イングランド的な態度を想像することができようか」(436) と怒号をあげた。つまりアーサーは愛国的帝国主義のプライドにかけてイングランド内務省には人種差別の非を認めることを期待し、これを恥として国民感情に訴えかけていたのである。

エイダルジは後年、サー・アーサーの自伝を入手し、一九〇六年の自分の事件を扱った記述に引っかかる。彼の父の教区司祭着任の事情について、ジョージが説明したにもかかわらず、アーサーは自分のあずかり知らぬところであるとし、あのアンソンとアーサーの一致した見解が繰り返されていた。「どこかに偏頗なき心の支援者がおり、英国国教会の度量を示さんとしたのかもしれぬ。しかしこの試みの繰り返されぬことを私は願う。なぜなら司祭は気の置けない献身的な人物であるけれども、有色人種の司祭とそのあいのこの息子が鄙俗で野蛮な教区に現れれば、痛ましい状況の出来することは必定だからである。」(470)　あいのこという言葉はジョージの語彙にはなかった。ジョージの父親シャプルージは「世界の未来の成否は諸人種の融合にかかっている」(298, 471) と信じていた。ジョージとシャプルージはポスト・コロニアルな思想を先取りしていたのである。

一方、カーの伝記は古めかしさが感じられる。例えばジョージの父について「つまり彼はインドから移住してきたゾロアスター教徒の家に生まれ、噂では黒人《ブラック》ということで、ゆえによそ者でよしまだと言われていた」(Car, 268)、「アンソン本部長は黒人を獣以上には考えない人間の一人だった」(Car, 269) という記述がある。このインド人を黒人と一括する言説にカーの伝記が書かれた当時まで及んだ白人至上主義の根深さが見える。一八九一年に英米両国で発表されたホームズの短編「オレンジの五房」はアメリカの過激白人優越主義団体ＫＫＫのリンチを扱った話である。世紀転換期のイギリスでは、ナオロージ下院議員はパールシーの出であり、ソールスベリー首相の有色人種に対する差別的な言動をヴィクトリア女王が窘めたという逸話をシャプルージは誇らしげに息子に説いてきかせる。『アーサーとジョージ』では「黒人」という言葉は、このソールスベリー候の暴言の引用と、ならず者が発信した手紙以外には使われない。だが、皮膚の色に関して、キャンベル巡査部長は初対面のシャプルージを見て「肌のあまり黒くない、ヒンズー的美男だ、と思った」(132) と言及される。ジョージはバーミンガムから帰宅の汽車で、肌の色について不良から悪口雑言を受けていた。漂白剤、お前の母さん晒し粉忘れた、今日は炭鉱に行ったのかというたぐいの野次を浴びせられても彼は無視していた。アーサーがグレート・ワーリーに出向いてジョージの小学校の同級生、ハリー・チャールズワースに聞き取りをしたとき、「ジョージに敵はいましたか。嫌われていたということはありましたか。例えば肌の色のせいで」(322) との問いに、ハリーは肌の色より勉強ができて、前の席に座って先生にひいきされていたと思われたのだという理由が有力だと答えた。ジョージがバーミンガムの事務弁護士事務所に実務研修生として勤務を始めたころ、近隣の弁護士事務所に顔見知りができ、パブでランチを共にしていたことがあった。グリーンウェイとステントソンという二人で、よくジョージをからかった。それもジョージのガールフレンドは肌が黒いのかと聞いたり、彼を満州人と呼んだりする人種差別に絡むいじめであった。

五　結び――アーサーはシャーロック・ホームズではなかった

アーサーの自伝や、過去に決定版とされた伝記が正典であるとするならば、『アーサーとジョージ』はアーサーの自伝の自己劇化を修正し、伝記記者の時代遅れの人種差別的意識を削除した。伝記では時代や状況のモラル的な制約で書かれなかったことも加筆し、事実の因果をアーサーとジョージのそれぞれの物語として有機化した。またジョージが陥ったような、アーサーをシャーロック・ホームズというスーパー・ヒーローと混同して、作者と理想化された創造物を同一視してしまう世俗的妄信の愚かさを戒めている。ジョージと秘書のウッドをアーサーよりももっとシャーロック・ホームズに人格的に近いキャラクターとして描き、生みの親アーサーの自ら生んだアイドルに振り回される醜態を、依頼人ジョージ・エイダルジのポストコロニアルで冷徹な視点から、色濃く浮かびあがらせてみせたのである。

アメリカの一九六〇年代後半はケネディ大統領の暗殺事件に始まりベトナム反戦運動、ウーマン・リブ、公民権運動、人類の月面着陸などの社会の激動に作家たちの想像力は萎縮した。一方、カポーティの『冷血』だけでなく、ノーマン・メイラーの『夜の軍隊』(*The Armies of the Night* 1968)、トム・ウルフの『クールクールLSD交感テスト』(*The Electric Kool-Aid Acid Test* 1968)といった名作が生まれた。経験によってリアリティを補強したノンフィクション・ノベルの時代の到来である。二十一世紀はアメリカの同時多発テロ事件で幕を開け、人為の事件の破壊力の衝撃が虚構を超えてしまい、作家たちの想像力と言語化能力を麻痺させた。(2)

『アーサーとジョージ』の第四部「終わり」はアーサーの死と、ジョージの受けた人種差別による迫害の終止が描かれている。ジョージは事務弁護士業に復職し、結婚はしなかったが、ロンドンに安住の地を得るという黙示録的結末である。大英帝国はインド独立以後、英連邦へと変貌し、宗主国と植民地の主従関係は崩壊した。二十世紀半ばにはイングランドは労働力不足のために旧植民地からの移民を積極的に受け入れる政策をとり、ロンドンは多民族都市となった。だが大量の移民の流入が労働問題を引き起こし、排他主義の再燃という歴史の逆行が危惧されている今日、アーサーの自伝の端役に過ぎなかったジョージの物語は読まれる価値がある。ノンフィクション・ノベルは、はからずも歴史という大きな物語の一端に組み込まれることが可能である。個人の物語が現実の終わりのない開かれたコンテクストにつらなり、人間の「経験という不完全な素材」(Hollowell, 152)は時代を映す文学へと変容していくのである。

使用テクスト

Julian Barnes, *Arthur & George*. Vintage, 2006.（本文中にページ数を示した。）

注

（1）現生人類アフリカ起源説が提唱されたのは一九八七年である。

（2）ＮＨＫクローズアップ現代 #１５０７「シリーズＮＹ発アメリカはどこへ（4）～ニューヨークを見つめて～」マーティン・スコセッシ、ポール・オースター出演、二〇〇一年十一月二十二日

参考文献

Auerbach, Erich. *Mimesis: The Representation of Reality in Western Literature* (1953). Willard R. Trask (trans.). Princeton: Princeton UP.　アウエルバッハ『ミメーシス――ヨーロッパ文学における現実描写』篠田一士、川村二郎訳、ちくま学芸文庫一九九四年

Carr, John Dickson. *The Life of Sir Arthur Conan Doyle*. Vintage Books (1949) 1975.　カー、ジョン・ディクスン『コナン・ドイル』大久保康夫訳、早川書房、一九六二年

Conan Doyle, Arthur. *Memories and Adventures*. Wordsworth, (1923) 2007.　コナン・ドイル『わが思い出と冒険――コナン・ドイル自伝』延原謙訳、新潮社、一九六五年

—— *The Complete Sherlock Holmes* (Illustrated). Book Rix, 2014.

Hollowell, John. *Fact & Fiction—The New Journalism and the Nonfiction Novel.* University of North Carolina Press, 1977.

Lodge, David. 'The Novelist at the Crossroads' (1969) in *The Novel Today: Contemporary Writers on Modern Fiction.* Edited by Malcolm Bradbury. New Edition, Fontana Press, 1990.

正木恒夫『植民地幻想——イギリス文学と非ヨーロッパ』みすず書房、一九九五年

Miller, Russell. *The Adventures of Arthur Conan Doyle: A Biography.* Thomas Dunne Books, 2008

Pearson, Hesketh. *Conan Doyle, His Life and Art.* House of Stratus, (1943) 2015. ヘスキス・ピアソン『コナン・ドイル——シャーロック・ホームズの代理人』植村昌夫訳、平凡社、二〇一二年

Rodell, Marie F. *Mystery Fiction, Theory and Technique.* Hammond, Hammond, 1954. メアリー・F・ロデル『ミステリー入門——理論と実際』長沼弘毅訳、社会思想研究会出版部、一九六二年

Stashower, Daniel. *Teller of Tales: The Life of Arthur Conan Doyle.* Henry Holt & Company, 2001. ダニエル・スタシャワー『コナン・ドイル伝』日暮雅通訳、東洋書林、二〇一五年

第7章
家父長制と解離性同一性障害
――A・N・ウイルソンの『わが名はレギオン』

薄井　良治

アンドリュー・ノーマン・ウイルソンの『わが名はレギオン』（二〇〇四）は、英国のタブロイド新聞社を舞台にした内幕物であると同時に、その社主であるレノックス・マークと幼い頃彼を教育した元兵士の英国国教会修道士であるヴィヴィアン・チェルとの関係を中心に、さらに彼の息子と思われるピーター・ダボとの父子関係の問題を扱った小説である。

ウイルソンはイーヴリン・ウォーの『ブライズヘッドふたたび』（一九四五）に影響を受けたいわゆる〈ヤング・フォギィ〉の一人として知られている。本作はそれぞれ架空のデイリー・レギオン紙とアフリカのズィナリアを舞台に設定していて、このことはウォーの『スクープ』（一九三八）を思い出させる。レノックスの富の源泉がアフリカの銅山であることやピーターの「解離性同一性障害」（いわゆる多重人格）、ヴィヴィアンが「ファーザー・フェイギン」と呼ばれることなども、ウォーの『名誉の剣』三部作（一九六五）、『ギルバート・ピンフォールドの試練』（一九五七）、『哀亡記』（一九二八）などを想起させる。作品の出来としては「登場人物達を単なるカリカチャーに終わらせなければより良い小説になっていただろうし、そのためには彼が描く世界から距離を置くことと、愛情を込めて描く必要があろう」というクレイグのウエッブ上での指摘は正鵠を得ているように思う。つまり、ウォーの対象に対するいわゆる〈デタッチメント〉がないのである。それでも、ウォーも持っていたそれこそイギリス小説が誕生して以来抱えていた問題意識を共有している。その際たるものが父と子の関係である。

1　父と子の問題

ウォーの小説群の父親たちは早世したかだめな父親で、その影響で子供たちは立派な大人に成長できない。同様に、レノックスの父はその祖父がアフリカで銅山を開発し、父の代で莫大な財産を築いた一方、本人には才覚がなく、無為に過ごし、離婚を繰り返し、飲酒による肝硬変で死んでしまう。このような父親のもとに育ったレノックスは、一大メディア王になったあとも名誉欲を持ち続け、最終的には爵位を得るのだが、そのためにはアフリカの独裁者と手を結んだり、敵対する相手には自分が所有する新聞でネガティヴ・キャンペーンを張る。さらに、女性の部下と関係を持ったりもする。しかし、これらは結局のところ、彼の父が手本となるような人物ではなく、自我理想、つまりそれはラカンのいう自分が他人から見られたいと思うイメージで、その眼差しに印象づけたいと願うような媒体であり、自分を監視し、自分に最大限の努力をさせる〈大文字の他者〉であり、自分が憧れ、現実化したいと願う理想（ジジェク　一三九）であるが、それを得られない。そのために、フェティシュとしての爵位を我武者羅に得たいと願うのである。

頼りない実父に代わって、いわば精神的な父がヴィヴィアンで、レノックスは一五歳のとき彼の著書に出会うが、「その本は並外れた啓示であった」（三五）という。そのヴィヴィアンが独裁者ビンディカ将軍に対する反対運動を始めると、先に述べたように自分が所有する新聞で、ヴィヴィアンのスキャンダルを事実もそうでないことも含めて徹底的にたたく有様は、まさに父親を乗り越えようとするエディプス・コンプレックス克服のための争いのようである。

さらに、ピーターはといえば、頼りない父親どころか、自分の本当の父親が誰かわからないという状況のもと、解離性同一性障害になってしまう。もともとウイルソンはフロイトの理論に関心を持っていて、彼は『C・S・ルイス評伝』の前書きでこう語っている。

現在では、意識の根源についてのフロイトの理論のすべてに異をとなえる人々は少なくないかもしれない。［……］私たちは、私たちの生活が幼いころに起こった出来事に深い影響を受けていること、私たちが（心の旅もふくめて）どこを旅しようとも、子どものころのドラマを必然的に再演する、あるいはそれと格闘するものだということを実感してきた。

（ウイルソン　一一）

フロイトの理論に関心があるならば、ヴィヴィアンを乗り越えようとしてヴィヴィアンに反発するレノックスの行動も、父親の不明によってアイデンティティを確立できないピーターの物語もどちらも合点がいくのである。ただし、厳密には十九世紀末にフランスの心理学者アルフレッド・ビネーとフランスの心理学者で神経学者であるピエール・ジャネが無意識の防衛のメカニズムに解離（それぞれの記憶を持った別の意識状態が存在する）理論を打ち立てたが、フロイトの抑圧（不快な情動や恐怖感や不安を意識に現れないように押さえ込む）理論と対立し、フロイト理論が優勢となってからは解離は多重人格概念の没落と軌を一にして精神医学の世界から抹殺された。しかし、一九八〇年代にトラウマの研究家たちにトラウマ後遺症の患者の心のメカニズムを解明するのに解離の概念が見直されるようになり、むしろトラウマの研究家たちからフロイトの理論は批判されている（和田　五九―六六）。ウイルソンは解離と抑圧を混同してしまっているようである。だが、それはさておき、解離性の病理は幼少時に形作られ、大概両親との関係の中でその解離の傾向も育っていく（岡野　九）。ウイルソンは父（の不在）と子の関係に多重人格（解離性同一性障害）の原因を見ている。ピーターは通っている学校のスクール・カウンセラーのケヴィン・カーリーのカウンセリングを受けている。ケヴィンはピーターの母マーシーと祖母リリーにこう述べる。

……男の子が思春期を迎え、これらすべての目に見える成人の身体的特徴を示すようになると、父親と争うようになります。もしも男の子が養子だったり、父親が誰だかわからなかったりすると、子どもは父親を探し回るのです――テストステロンによる攻撃性が子どもの内に高まって……父親との口論に向けられるはずだった攻撃性のあるものは抑圧されます。その攻撃性は行く当てがない――その状態は子どもにとって憂慮すべきものです。（七〇）

ピーターの解離性同一性障害は、この小説を読むうえで重要な意味を持っているように思われるので、この解離性同一性障害について改めて見てみたい。

2　解離性同一性障害

多重人格はアメリカ精神医学会によって現在では解離性同一性障害、略してDIDと呼ばれるが、その診断基準は、

A. 二つまたはそれ以上の、はっきりと他と区別される同一性または人格状態の存在（その各々、環境および自己について知覚し、かかわり、思考する比較的持続する独自の様式を持っている）。
B. これらの同一性または人格の少なくとも二つが、反復的に、患者の行動を統制する。
C. 重要な個人的情報想起が不能であり、ふつうの物忘れで説明できないほど強い。
D. この障害は、物質（例：アルコール中毒時のブラックアウトまたは混乱した行動）または他の一般疾患（例：複雑部分発作）の直接的な生理学的作用によるものではない。

（和田　四七―五五）

というものである。そして、その治療は人格の統合がゴールとして強調されていた。たとえば、右記の一九九八年に出版された『多重人格』によると治療のゴールはあくまでも人格の統合である。

（和田　二〇六―二〇七）しかし、その状況は変わってきていて、二〇〇七年出版の『解離性障害――多重人格の理解と治療』によれば、「『統合する』、『ひとつになる』、『融合する』という目標設定は、大多数の交代人格にとっては『自分は消されるのではないか？』という恐れや抵抗を生む。それよりはるかに穏やかかな、また段階的に達成しやすいレベルの『つなげる』ことを治療目標に掲げる」（岡野　一四二）という。さらに、単一の人格へ統合された場合今度は単一人格障害になってしまうことがある。つまり、今度は心の中にさまざまな齟齬や葛藤を、ホスト人格が全部背負い込まなければならず、その状態は早晩ホスト人格の障害をきたす可能性が考えられるという臨床家もいる（岡野　一七〇）。当の岡野氏自身は、過去十数年間で、「DIDはそれを見つけ出して治療しなくてはならない」から「とりあえずおさまっているDIDは揺り起こすこともないだろう」へと変わった（岡野　一七〇）と述べている。これはマーシーのピーターに対する態度に似ている。

「今日は誰？」ピーターが三、四、五歳の頃彼女は尋ねた。［……］「ピーター、ここにおいで。」沈黙。ピーターは母親が正しい「人格」を選ぶまで無視したものだった。彼女が「オオカミ」、「天使」あるいは「バットマン」と声をかけたときだけ彼は母親の声に気を留めた。（五〇四―五〇五）

つまり、今日はどの人格が出現しているのかを楽しむような態度が、岡野氏が解離性同一性障害に向き合う姿勢に近いように思う。

ちなみに、DIDはかつて統合失調症と診断されることが多かったようだ。どちらも妄想を伴うが、DIDの妄想は創造性があるのに統合失調症の妄想は単調で変化に乏しく、患者にとって結論が最初からあり、それに飛びつくことで生まれる（岡野　九一）。だとすると余談ではあるが、ピンフォールドの幻聴および妄想は現在診断を受けるとするならば、統合失調症ではなくDIDかもしれない。

3　母親

ところで、岡野氏の印象では、解離の病理は解離傾向を生まれつき持った患者と母親との情緒的な「共揺れ」で深まっていくことが多いという（岡野　九）。ウォーの小説では『一握の塵』（一九三四）のジョン・ビーバーとその息子を溺愛しているビーバー夫人や『ブライズヘッド再訪』の放蕩者のセバスチャンと敬虔なカトリック信者のマーチメイン侯爵夫人以外には、息子と母親との関係を描いているものはほとんどない。考えてみると主要登場人物と母親との関係を描いていないのは不自然で、父親と息子の関係ばかりがクローズアップされている。しかし、本作では母と息子ばかりでなく、母と娘の関係も物語の重要な要素となっている。

キリスト教において純潔の象徴であるユリという名を持つカリブ海出身の敬虔なカトリック信者の看護師であるリリーは、敬虔なクリスチャンである。その名はキリスト教では白いユリ（マドンナ・リリー）が聖母マリアに捧げられた花であることから純潔のシンボルとされている。マーシーは、母の態度に反発して、奔放な男性関係を結ぶ。まるでフロイトの女児のエディプスコンプレックス、つまり母親と同様に自分にペニスがないことに気づき、やがてペニスを手に入れる代わりに子どもを手に入れようとする。そして、女児はそれまでペニスのように扱っていたクリトリスから膣へとリビドーが移行し、男性と性交することが目的となる（Freud 159–162）、という理論どおりの筋立てで、就職したデイリー・レギオン紙の男たちと関係を結ぶ。その結果父親のわからないピーターを生むことになる。しかし、実はかつて関係があったヴィヴィアンではないかと思ってはいるが、母親の信仰心と彼女が通う教区の牧師がヴィヴィアンであるので彼女の手前明かにはできない。フロイトの理論どおりだと女児の場合、母親を憎んだまま、愛情の対象を母親から父親に変えるのだが、マーシーは母親を愛したままである。前に触れたが、ウイルソンは確かにフロイトの説を首肯してはいる。その一方でフロイトの理論は、家父長制の上に成り立っている事にも気がついていて、フロイト理論を崩すことによって家父長制の批判を行っているのではないか。

4　家父長制への批判

ピーターはそれまでの悪事が露見したことにより、ユダヤ人女性で元デイリー・レギオン紙の記者のレイチェル・パールを人質にとって霊廟に立て篭もり、警官隊と兵士達に包囲されてしまう。そのとき父親と思われるヴィヴィアンは現場に向かいピーターを撃ち殺し、自分も警官隊と兵士達の銃弾に倒れる。それ以前にマーシーがヴィヴィアンに「ピーターは私達の子だとお母さんに言わなければならないわ」（三六一）と言っていることから、ピーターが自分の子供である可能性については知っていた。そして、ピーターを射殺する際に「トゥリ、わが息子よ、わが息子！」（五〇二）と言っている。彼がピーターをトゥリと呼んだのは、「私は彼［ピーター］をトゥリと呼ぶ。それはハウサ語で『私の名はレギオン、大勢いるから』という意味だ」（二二六）からである。レギオンは『新約聖書』のマルコにより福音書五章八一九節に出てくる悪霊で、墓場を住処とするある男にとりつくが、イエスは二千匹の豚のなかに送った。その豚はみな崖から海に落ち死んでしまった（聖書　五七―五八）。悪霊が多くいるということから解離性同一性障害のピーターをトゥリと名づけたのだろう。ヴィヴィアンとしては聖職者として悪霊を退治したつもりかもしれない。しかし、同時に自らを父親と名乗っている。父親だけに生殺与奪の権利があるのだろうか。非常に独りよがりな感じがするのである。

ウォーの『名誉の剣』三部作の主人公ガイのクラウチバック家は、空襲で亡くなった妻ヴァージニアと不倫相手のトリマーとの間の子によって継続していく。この不義の子による家督の相続は、不義の子であろうとその子を守り育てていこうという騎士道精神とも取れるが、家父長制にこだわり妻の気持ちがわからず、他の男に走らせてしまったガイの贖罪とも取れるだろう。二十一世紀のウィルソンの小説においては、父親は子供を助けてやることすらできない。母親とともに子供を守るという姿勢にヴィヴィアンが立っていたのなら、このような悲劇は起きていなかったかもしれない。

5　混血の子殺し

ピーターは英国の旧植民地であるカリブ海出身の両親を持ったマーシーと英国人であるヴィヴィアン（あるいはレノックスやデイリー・レギオン紙の記者やコラムニスト）の子である。被植民地人の母親と旧宗主国人の父親の間の混血児は、エミリー・ブロンテの『嵐が丘』のヒースクリフを思い出させる。『嵐が丘』がポストコロニアル批評の観点で読まれるとき、植民地の奴隷との間の混血として解釈されるヒースクリフ（とその血を引く者）が、最終的にアーンショー家とリントン家の家系図から完全に抹消されていくと読める（坂田　九〇）。本作でも、ピーターの抹殺は、旧宗主国人による旧植民地人の混血児の排除とも読める。

また、ヨーロッパ人と先住民による混血児は、植民地において双方から根強い純血信仰によって拒絶された (Acheraïou 80)。ピーターの殺害はコロニアリズムにとって排除される混血の表象でもある。また、それはグローバリゼーションの時代に文化のハイブリディティの可能性を否定する隠喩とも取れるだろう。

さらに、その混血について、アシラユはフランツ・ファノンの「アンティル諸島（カリブ）の男女は自分達自身を漂白したがっている」という言説を紹介している (Acheraïou 80)。彼の地ではより白人の血が濃いほど、そしてより白人に近いほどステータスが高いという。であるならば、マーシーがデイリー・レギオン紙に入社後、次から次へと（白人と思われる）社主（勿論レノックス）や記者、コラムニストたちと関係を持ったのは、単なる性的な欲求ばかりではなく、〈白さ〉を求めるカリブ人達の植民地時代からのメンタリティの表象とも考えられるであろう。デイリー・レギオン紙のレギオンはローマの軍団の意味もある。その社名はまさにコロニアリズムと家父長制を連想させるものである。男達にとって、マーシーの肉体を求める行為は無意識のコロニアリズム的肉体の征服とも読み込めるだろう。

さらに、アシラユはファノンが「アンティル人はあくまでもアンティル人で自分達は黒人とは思っていないがヨーロッパに行ってみてはじめてセネガル人と同様に黒人であることに気がつく。そして順々に真に属していた場所に送り返される」、と述べていることを紹介している（Acheraïou 81）。リリーは、「もしも男性とフレンチキスなどしようものなら、ミサに顔を出す前に告解するだろう」（八三）とあるように、信仰心が篤いために性的なことに関心を持たずに、そのことによって夫は「彼女［マーシー］が六歳の時にバハマに戻った」（八三）と描写されているが、結局イギリスに来たものの、自分が本来属しているところに帰ったのではないか。

6　ネオコロニアリズムと解離性同一性障害

ポストコロニアリズムの魁といっていいフランツ・ファノンが危惧したようにアルジェリアに限らず多くの国で、独立後の軍隊と官僚制度が権力維持の手段と化した。個人の解放と民族文化の創造の手段であったはずの暴力が、その後も解体されることなく、民族文化の守護者を標榜する国家権力によって専有され、個人を抑圧するようになった（本橋　一〇二）。独立を勝ち取ったズィナリアのビンディガ将軍も独裁者と化し、レノックスのような旧宗主国の大企業のオーナーがその独裁者を支援するというネオコロニアリズムは、アフリカに限らず、世界のあちらこちらで見られる。このネオコロニアリズムは、財産を引き継いだ跡取りが、さらに財産や権力を増やさねばならぬという家父長制の脅迫観念が、ネオコロニアリズムを強化しているように思える。家父長制は古代ローマ時代から存在し、家構成員に対する生殺与奪の権を含んでいたのであり（原田　一二一）、さらに家父長制は、資本制によって公私分離が明確化し、生産は男性、再生は女性という分担になった（川嶋　五四）からである。

解離性同一性障害の治療法の変化はグローバリズムの時代における多様性の尊重および、昨今の経済的な行き詰まりからの世界的な右傾化や排他主義に対する処方箋に思えてならない。解離性同一性障害の原因や治療における母親の重要性も、産業革命以降背負ってきた家父長制の呪縛から逃れるための母親の役割の大きさを気づかせてくれるように思う。

本作の中でエリザベス女王がビンディガに勲章を授ける場面があり、ナレーター（ウイルソン）はこれを激しく非難している。これはジンバブエの大統領のロバート・ムガベがモデルかもしれない。ムガベは一九八七年に大統領に就任し、白人との融和政策で賞賛され、一九九四年にジョン・メージャー政権下でGCB（バス勲章、上位二等級の受章者にはナイトの爵位が与えられる）を授与されたが、その後白人に対して強硬な政策に出て、白人農場の強制収用などの失政により、比較的安定していた国内経済は崩壊し、貧富の格差が拡大した。（もっとも、エリザベス女王は二〇〇八年にこのGCBを剥奪したが。）エリザベス女王への激しい叱責は、一方で母親さらには女性の存在の大きさや彼女達に対する期待の大きさの表れではないか。この女性の存在感に関して言え

ば、ウイルソンの元同僚でもあるセベスチェンがこの小説は新聞業界のことをよく表していて、とくに

もっとも脚色されていないキャラクターはメアリー・マッチでセールスアシスタントからキャリアを始めたベッキー・シャープのような人物であり、万引きで逮捕されそうになるが、新聞業界の女王蜂にまで登りつめる。このことはフリート街の最も悪名高いゴシップのうちのひとつである。彼女は実在する。

とウエッブ上で述べているが、新聞業界でのし上がっていく女性をリアルに描いている。また、レノックスの妻マルティナはドイツで生まれで、第二次大戦の敗戦後の旧東ドイツ時代は売春婦をして生き延び、母親と共にベルリンの壁を乗り越えて西側に亡命し、ついにはレノックスの妻に納まり、彼の新聞社のコラムニストにもなり、社の運営上の権力の一端を担うまでになる。男たちは愚かでその愚かさゆえに破滅的な生き方をするが、女性たちはしたたかで生命力に富んでいる。

アシラユはヴィクトール・ミラボー侯爵からアダム・スミスやリチャード・コブデンを経て今日のアメリカやヨーロッパのネオリベまで自由貿易やキャピタル・フローがグローバルな繁栄や連帯、そして幸福をもたらすと信じていたことは神話に過ぎなかったようだと言い、カバジット・シ

ンの著書を引用してグローバリズムと関連する政策の大部分は世界の多くの場所で教育、健康そして様々な社会指標の劣化を生みだしてきたと指摘している (Acheraïou 164–165)。本作においてレノクスもアメリカに行ってから信仰と良心を失ったように描かれている。このようなアメリカのグローバリズムという覇権主義やネオコロニアリズムが跋扈している現在の世界に対する処方箋はまさに解離性同一性障害に対する処方箋、すなわち無理に一つに統合するのではなく、一つ一つの人格を大切にし、つなぐようにすることなのではないか。そもそも解離とは防衛機制のひとつであるので、現実世界との折り合いのつけ方が類似するのも当然に思える。

7　おわりに

ラストシーンで次の世代を担ってゆくと思われるレイチェルが選ぶ相手が、ヴィヴィアンのいとこでやはり元軍人ではあるが、よりソフトで繊細なシンクロ・マナーズである。〈純粋なもの〉を意味するレイチェルと男女の振る舞いを同調させるシンクロの結びつき、つまり二十一世紀の今さらながらではあるが、男女のあるいはＬＧＢＴ（マルティナとメアリーは実は恋人同士）の対等な結びつきに、家父長制の呪縛を逃れる可能性があるのではないか。そして、イギリス小説においても、作家達が産業革命以降背負い、代々受け継ついできたその〈家父長制の呪縛〉からそろそろ逃れる時に来ているのではないだろうか。

二〇一七年は自国優先で排他主義を標榜する米国大統領の誕生で幕を開けた。イギリスのEUからの離脱や、ヨーロッパをはじめ世界的な右傾化や移民の排除や国境管理の強化などが見られる。人は困難な問題に直面すると解離によって自己を守ろうとする。それはあたかも国と国との間に物理的ないし精神的な壁を築くことと二重写しになる。しかし、そのような時こそ、緩やかにつなぐ、共存させるという解離性同一性障害の治療法のような努力を続けていくべきだろう。

参照文献

Acheraïou, Amar. *Questioning Hybridity, Postcolonialism and Globalization*. London: Palgrave Macmilan, 2011.
Craig, Amanda. "My Name is Legion by ANWilson—A descent into tabloid hell" *The Independent*. 3 April 2004, [online] http://www.independent.co.uk/arts-entertainment/books/reviews/my-name-is-legion-by-a-n-wilson-54745.html
Freud, Sigmund. *New Introductory Lectures on Psycho-Analysis*. New York: Norton, 1989.
原田俊彦「共和制期ローマと家父長制の概念」永原慶二、住谷一彦、鎌田浩編『家と家父長制』早稲田大学出版部、一九九二、一二一—一五四。

ホーン川嶋瑤子「フェミニズム理論の現在：アメリカでの展開を中心に」『ジェンダー研究』第三号　お茶の水女子大ジェンダー研究所、二〇〇〇、四三—六六。

本橋哲也『ポストコロニアリズム』岩波書店、二〇〇五。

岡野憲一郎『解離性障害——多重人格の理解と治療』岩崎学術出版、二〇〇七。

坂田薫子「英国小説のキャノンと帝国——『マンスフィールド・パーク』の場合『日本女子大学英米文学研究』四七　日本女子大学、二〇一二、七九—九四。

Sebestyen, Victor. "Keeping tabs on England—My Name Is Legion by ANWilson" *The Guardian*. 3 April 2004, [online] https://www.theguardian.com/books/2004/apr/03/featuresreviews.guardianreview8.

『聖書』一九五五、日本聖書教会、一九八四。

和田秀樹『多重人格』講談社、一九九八。

Wilson, A. N. *My Name Is Legion*. London: Arrow Books, 2005.

——『C・S・ルイス評伝』中村妙子訳、新教出版社、二〇〇八。

ジェジェク、スラヴォィ『ラカンはこう読め！』二〇〇六、鈴木晶訳、紀伊国屋書店、二〇〇八。

第8章

ジュディス・キッチンの『エクルズ道路の家』を読む

――モリー・ブルーム解放の試みをめぐって

結城　英雄

ジュディス・キッチンは、いずれ『エリザベス・コステロ』（二〇〇四）に収められることになるJ・M・クッツェーのエッセイ、「リアリズムとは何か？」（一九九九）を読み感銘を覚えた。そして架空の作家エリザベス・コステロが書いたとされる、『エクルズ通りの家』（一九六九）に関心を抱き、自ら『エクルズ道路の家』（二〇〇二）を創作した。コステロはジェイムズ・ジョイスの『ユリシーズ』（一九二二）のモリー・ブルームを「結婚の囚われ人」（Coetzee 13）と受け止め、獄舎としての家から彼女を解放したという。ジョイスはモリーに声を与えながらも、女性のセクシャリティを明らかにしたにすぎない。この不満からコステロは新たなモリー像を描くことになったと思われる。がその内容は述べられていない。キッチンの『エクルズ道路の家』は、そのコステロの架空の物語を想定した小説である。

キッチンは一九〇四年六月十六日のダブリンを描いた、ジョイスの『ユリシーズ』を前提としながらも、物語の舞台を現代のアメリカに移した。『エクルズ道路の家』はジョイスの作品の一日から百年近くも経過しているだけではなく、アメリカのモダンな郊外住宅を舞台としている。そしてモリーの内的独白を中心に、女性の視点からの改作となっている。『ユリシーズ』というジョイスの物語の制約を受けながら、キッチンはコステロが描いたとされるように、ジョイスという男性作家の創った型から解放された、女性本来の生を探ろうとしたと言える。本稿では、まず『ユリシーズ』における「結婚の囚われ人」としてのモリー像をめぐり、獄舎としての家との関わりについて検討する。次に、『エクルズ道路の家』で描かれるブルーム夫婦、とりわけモリーの独白をたどり、キッチンのモリー解放の試みを読み取ることにする。そして最後に、マーガレット・アトウッドの『ペネロピアド』（二〇〇五）やマーチン・カニンガムの『めぐりあう時間たち』（一九九八）と比較しながら、キッチンのモリー解放の試みが二十一世紀という時代の趨勢と軌を一にしていることを論じたい。

1　ジョイスのモリー・ブルーム

ジョイスの『ユリシーズ』第十八挿話のモリーの独白は、「亭しゅ関ぱく」[1]のレオポルド・ブルームへの不満で始まる。裁縫、料理、洗濯といった家事におわれる日常に若き日の情熱をそがれ、今や、ほとばしる不満こそ自己の存在を問う糸口なのかもしれない。そこには要約することのできない彼女の人生が集積している。C・L・イネスは、モリーの独白に女性の自立を読み取り、こう述べている。「耳にされることも、また文学的な芳香もない彼女の独白は、一つの物語の終わりであると同時に、女性が完全な声を持ちうるための、新たな破壊的な物語の始まりである」(Inness 74)。

読者はモリーの密通の理由について、これまで何一つ知らされていない。その意味でモリーの独白は、その真相への手がかりを与えてくれよう。それに加えモリーの独白は、夫ブルームや市民たちの彼女に対する認識を修正すると同時に、今後のブルーム一家の暮らしについても示唆するところ大である。ジョイスは第十七挿話を物語の終わりとしながらも、その結びとしてエクリチュール・フェミニンと称される文体の第十八挿話を構想した。モリーの心の内を語ることで、物語のサスペンスにいささかの回答を試みたかったのだろう。

実のところ、モリーが密通相手のボイランに満足していることから推して、ブルーム一家に明るい未来が回復される兆しはない。モリーはそもそも、北アイルランドのベルファストでの、ボイランとの近日中の歌の興業を楽しみにしている。その興業は義父の命日と重なるため、夫ブルームはアイルランド西部のエニスへ出かける予定である。かくしてモリーとボイランの行動には何らの制約もなく、二人は再び密通を繰り返すことになるだろう。モリーはブルームが想定するほど多くの男と関わりを持ったわけではなく、ボイランとの密通が初めての婚外交渉であったと思われる。

それでもモリーはボイランとの密通に罪意識をほとんど感じていない。雷鳴で目覚めたとき、彼女は「天がばつをくわえようとしてあたしたちに来るのだと思った」(134–35) とつぶやいているが、ボイランとの関係に非を認めているわけではない。雷の轟きに少しばかり動揺しただけで、モリーは密通の責任がむしろ夫ブルームにあると思っている。彼女は「みんな彼がわるいのよ」(1516) と断言しているだけではない。いささかも悔いることもなく、密通が「このなみだの谷であたしたち女のするわるいこととの全ぶなら／大したことじゃないのは神さまがごぞんじ」(1517–18) とさえ述べている。

それに加え、モリーの独白は男たちの偏見への反論であふれている。彼女は過激にも、「男なんてゆっくりまわる毒をのませてころすべきよ」(1243) と不満を隠さない。「男のうち半ぶんくらいはお茶を持って来い／トーストを両側にバターをぬって持って来い／うみたて卵を持って来い」(1243–44) と、妻に命令を下しているからだ。さらにモリーは酒におぼれる男たちについて、「男の言う友情ってのはおたがいにころしあってそれからお墓にうずめあうことなのね／みんな家には妻や子もいるのに」(1270–72) と皮肉っている。その一方で、逆にモリーは女性を賛美して、「世の中が女の天下になったほうがずっとよくなると思う／女ならころしあったりすることはないだろうし」(1434–36) と述べ、「男はどうして生れるの／どこで生きてられるの／めんどう見てくれる母おやがいなければ」(1440–42) とつぶやいている。

モリーの口調はきわめて挑発的で、「男があたしをくさりにつなごうとしたってそれはむり／いったんはじめてしまったらばかな亭しゅのやきもちなんて何がこわいものですか」(1391–92) と語っている。そして当の夫ブルームに対しても、「不しぎみたいな話よ／あんなにつめたい彼といっしょにくらしながらあたしがまだしわくちゃばあさんにならないなんて」(1399–1400) と文句を言っている。さらに女中も雇わず「奴れいみたいにはたらかされて」(1079) いる日常に不満を抱き、「やれやれ死んでお墓の中に横になったらゆっくりできるでしょう」(1103–04) と嘆き、「ああたすけてよこんなことからあたしを」(1128–29) と、獄舎のような家から、さらにはテクストからの脱出願望を口にする。このように、モリーの独白はブルームとの日常生活に対する不満であふれている。生活費の乏しさについても、「あたしはいつもお茶を一つかみポットに入れたいのに／彼はもっともらしくスプーンではかって」(468–69) 入れると独白している。

モリーの独白から家庭の内情も明らかにされている。生活費はすべてブルームが握り、家の頻繁な転居もブルームが決めている。第四挿話でブルームが妻の朝食を用意しているため、読者はモリーの役割に唖然とするが、第十八挿話はその背後にあるモリーの心情を詳細に伝えている。夫の支配に甘んじながら、家事を取り仕切っているのはモリーだ。娘ミリーの躾にも気をつけ、叱咤したり、衣服を繕ってやったりしてきた。朝食の用意で、ブルームが豚の腎臓を焼いて鍋を焦がしたことも知っている。そして普段の彼女は、台所の手入れのみならず、食材の買い出しにも行っている。実際、ボイランとの密通の前に、彼女は雑誌や新聞紙の整理もするし、家の掃除もしている。息子ルーディの死にモリーも涙している。その意味で、第十八挿話は先行するテクストの情報を修正することになる。ブルームの想い描くのとは別のモリー像が見えてくるだろう。

にもかかわらず、彼女の関心がブルームに向けられていることに間違いはない。彼女は「あたしたちのあいだの愛がなくなっていない／それがせめてものなぐさめ」(967) と自己暗示をかけ、その一方で「彼はあたしがあがってしまいやくに立たなくなったと思ってるんだわ」(1621–22) と不安さえ抱いている。モリーはブルームがボイランと妻の密通について気づいていることも知っている。ブルームは「食じは外ですませゲイアティ座へ行って来るから」(81–82) と言って家を出ており、モリーはその言葉を二人の邪魔をしないという意として受け止めている。そして娘ミリーを遠方の写真屋に見習いとして送り出したのも、同じくボイランとの密通の障害にならないための配慮であると考えている。したがって、モリーの不満はそのような夫の無関心を目覚めさせることにあるのだ。モリーはボイランとの密通をめぐり、「彼は気ばらしみたいなもの／いつもしょっちゅうおなじふるぼけた帽しをかぶってるよりいいじゃないの」(13–84) と語っている。

モリーの不満の背景にはブルームとの結婚生活への不安があるのかもしれない。そもそもモリーはブルームの求婚を巧みに演出していた。彼女はブルームの求婚を受け入れる直前、「あたしにはわかった／女とはどういうものか彼にはわかっていることが／感じ取っていることが／そしてわたしにはわかった／いつだって彼をあやつれるということが」(1578–81) と意識していた。その了解の下、彼女はしばし沈黙した後、ブルームの求婚を受け入れたのである。その短い沈黙の間、「あたしはもうひとりと同じほど彼のことも好きだと思った」(1604–05) と語っているように、モリーはジブラルタルの恋人マルヴィー中尉のことを想起して、ブルームも同じであると認識したのだろう。

こうしてモリーはブルームに自らが「花だ」ということを再度語らせ、そのプロポーズを受け入れたのである。彼女は自らがホースに咲く花であると同時に、ジブラルタルに咲く花であったことも忘れてはいない。モリーがブルームの求婚を回想し、「yesとあたしは言ったyesいいことよYes」(1607–08) とその独白を終えるとき、それはブルームの求婚に対する再承認の意であろう (DeVault 170)。しかしながら、モリーがブルームを受け入れた背景には、当時の結婚事情もあった。歌手としての自立などありえないことから、結婚は死活問題でもあったのだ。モリーはそのことをわきまえていただろう。

2　キッチンのモリー・ブルーム

したがって、ジョイスのモリーに同調する読者もいる。外の世界を動き回る夫ブルームと比べ、不義密通を試みながらも、モリーが「結婚の囚われ人」であることは否めない。彼女の独白にあふれる愚痴は、そうした事情を物語っている。そのモリーの解放を描いたクッツェーのエリザベス・コステロに倣い、キッチンもモリーに自由を与えることにした。彼女の『エクルズ道路の家』は、「わたしは家で一日中すごすつもりはないわ、それだけは間違いないこと」(Kitchen 3) という、モリーのつぶやきで始まっている。そして彼女は自己暗示をかけるかのように、「過去のことを考えながら一日をすごすつもりはない」(Kitchen 27) と、その決意を繰り返してもいる。

キッチンの物語は『ユリシーズ』の人物を取り込みながら、異なるところもある。以下がその概要である。モリーは五一歳の元歌手で、夫のレオ・ブルームは六〇歳代の文学の教授。『ユリシーズ』のブルームとモリーがそれぞれ三八歳と三三歳であるのと比べ、キッチンの夫婦は少し高齢である。しかも時は一九九九年六月十六日水曜日の一日。舞台はオハイオ州ダブリンで、二人はそのエクルズ道路、正しくはラーチ小路七番地に住んでいる。この日は二人の十三回目の結婚記念日であり、モリーは朝からどう祝うかを思案している。その一方、レオは本日が結婚記念日であることさえも忘れているらしく、早々と大学の夏季講習に出かけてしまう。モリーは留守電を入れるが、二人の調整はうまく進行しない。物語はそうした二人の意識のすれ違いを交互に綴っている。

モリーは夫の前妻との娘マーシーからの電話、隣家の女性ジャッキーの出産などに時間を取られる。夫との連絡もままならず、結局のところ彼女は、かつて交流があり、今も音楽に関わる仕事をしているテッド・ボイルという男性とともに、パブで夕食を済ませることになる。モリーとレオとの間にはアルジェイという息子がいた。だが八年前、四歳で亡くなった。その死が夫婦のトラウマとなり、二人の関係は冷えている。モリーの一日は、その関係を修復しようという想いと同時に、自立への模索に促されている。キッチンがモリーを外に送り出すのは、家庭が獄舎であるためだろう。

同じころレオは講義をしながら、スティーヴンという優れた学生に心を惹かれ、昼食を共にする。その後は同僚とテニスをしたりもする。その間にモリーからの留守電を受け、家に電話をするが連絡がつかず、六時半に研究室に戻るとのメモを残し、大学の書籍部でモリーのためにアイルランド人作家エドナ・オブライエンの『母なるアイルランド』（一九七六）を買い、スティーヴンと再び語りあう。六時半すぎに研究室に戻るものの、モリーの用件がいまだ呑み込めない。こうして彼は出産した隣家の女性を病院に見舞い、帰宅の道すがら、妻がいるかもしれないパブを覗く。が、その姿が見えないため、そのまま家に戻る。するとモリーの弟ブライアンからの祝いの花束を見つけ、本日が結婚記念日であることに気づく。それでも、彼はモリーが帰宅するころには食事を済ませ、ベッドに入り、悲喜こもごもとした過去を回想する。

レオは「愛や憎しみなんて言葉にすぎない／アルジェイもうすぐおれも年よりになる」(Kitchen 221) ともつぶやいている。「アルジェイ」は墓石にユダヤ人の祖父の名にちなみ「ルーディ」と刻まれており (Kitchen 44)、彼の独白はジョイスのブルームと異なるものではない。[2] いずれも妻との交流の欠如を嘆き発せられる言葉である。キッチンの物語は『ユリシーズ』と重なるところが多い。『エクルズ道路の家』でも、レオが文学青年のスティーヴンと交流し、モリーは歌手を再び夢見ている。息子の死によるトラウマを抱えた夫婦といったところも同じである。知人の出産という皮肉もある。またモリーがアイルランド系であるとしても、レオはまさしくユダヤ系である。さらに文体においても、『ユリシーズ』の第七挿話の新聞の見出しを借用 (Kitchen 57–65) し、第十七挿話の教義問答も模倣 (Kitchen 173–84) している。そして第十八挿話のモリーの独白は、夫レオの独白 (Kitchen 215–21) に変換されているものの、物語の最後に内的独白が配されているという構成においては『ユリシーズ』と変わりはない。

キッチンは『ユリシーズ』の文体を意図して模倣しているが、それぞれの時代にはそれぞれの制約がある。ジョイスの文体を踏襲することで、作者自らがジョイスの作品に包摂されている箇所もある。それでもキッチンの物語は、何よりもエリザベス・コステロに倣い、獄舎のような家に閉じ込められている、モリーを外に連れ出すことにあったのだ。そして彼女を囚えている記憶から逃れさせ、未来への展望を切り開かせようとしたのだろう。夫レオが講義をすることで自己を忘れられるのと対照的に、家庭に留まるモリーは自己と向き合わざるをえない。

そんなモリーの苦悩を夫のレオは和らげることもない。彼は現実ではなく文学という虚構の世界の住人であろうとしている。レオとスティーヴンはコーヒー・テラスで、『ユリシーズ』のモリーの独白について語り合う。そしてモリーの独白はテクストを縫合するためのものであると同時に、物事を分断する起爆力もある（Kitchen 171）、といったもっともらしい議論が交わされる。それでもスティーヴンにとっての教師レオは、自らも認識しているとおり、時代遅れな人物と映っている。スティーヴンは莫大な営利のある友人のバックと違い、今が時間の流れの停止の状態にあることを自覚している。そのためレオはスティーヴンとの関わりを深めることもできず、妻との交流を顧みることもない。こうしてレオの一日が終わり、物語は彼の独白で幕が下りる。その独白は生を肯定する「イエス」(yes) ではなく、その否定である「ノー」(no) で始まっている。キッチンは『ユリシーズ』に鑑み、モリーを肯定的に描くのとは対照的に、彼女を閉じ込めている、夫レオへの批難を前景化しようとしたのだろう。

レオがモリーのことをまったく気遣っていないわけではない。彼は妻が溺死という強迫観念に憑かれていることを知っていて、「水中で溺れている」(Kitchen, 219) とつぶやいている。洪水はモリーの幼少期の体験であるのみならず、夫レオと培われた人生の隠喩でもある。レオは続けて、「わたしはそれでも潜ることをしなかった」(Kitchen, 219) と述べている。レオはモリーに寄り添うことがない。モリーの水に対する恐怖は、アルジェイの死と同じくその意識に刻まれ、通奏低音のように響く彼女のトラウマになっている。そうしたモリーの心情に鑑み、キッチンはモリーの独白を同情的に描こうとしたのだろう。そのため人々の心の底にある意識を掘り起こし、お互いが抱える共通の問題を描くため、ヴァージニア・ウルフの「トンネル掘りの技法《トンネリング・プロセス》」(Woolf 272) という手法を用いている。人々の意識に潜在している過去の記憶を紡ぎ、現在の意識へと連結する手法である。夫婦のすれ違いを描くのにも都合がいい。

こと結婚記念日をめぐっても、夫婦の間には齟齬がある。先に述べたように、モリーが本日の祝福を念じているのと対照的に、夫は記念日であることをまったく忘れている。こうしてモリーは待つという受け身の姿勢を断念し、自らが主導権を握る決意をする。音楽のディレクターのテッドとパブに向かうのはそのためである。そして彼女はこれまで息子の死に憑かれ、音楽への関心も失せていたことに思いたり、再び歌手としての自己を回復しようとする。彼女はパブで歌うことになり、客たちから喝采を受ける。その歌は祖父たちから受け継いだ、アイルランド民謡の「ダニーボーイ」であった。息子アルジェイの死によって、また夫との暮らしで失われていた、本来の自己を取り戻した瞬間である。

モリーにとって夫レオとの繋がりは、息子アルジェイとの記憶によって維持されてきた。が、亡くなって八年が経過、彼女も過去に囚われている自己の殻を脱するべき時期にある。家庭という獄舎からの離脱願望もあったと思われる。家庭は安楽な空間であるよりも、自らを委縮させる閉域にすぎない。キッチンの小説において、『ユリシーズ』の「エクルズ通り」は、郊外を示す「エクルズ道路」へと、さらに人口集中によって細分化された街並みの「ラーチ小路」へと変更されている。アメリカという富める国家の流動が巧みに映し出されている。女性にも自立の道が開かれていよう。モリーの主体的な行動には、そのような時代背景も大きく関わっていると思われる。

3　モリー解放の試み

ジョイスのモリーを現代的な視点で読み解く手がかりとして、キッチンの『エクルズ道路の家』に加え、マーガレット・アトウッドの『ペネロピアド』（二〇〇五）がある。このペネロペイアは知的で、その独白は夫オデュッセウスの帰宅を待つ女性の苦難の告白となっている。それでも家が獄舎であるという認識においては、『ユリシーズ』のモリーと似ている。どちらのヒロインも自意識的である。

『オデュッセイア』は、ペネロペイアとオデュッセウスとの再会、そして寝室での夫婦の至福のひととき、殺害された求婚者たちの一族とのめでたい和合という流れで物語を閉じている。『ユリシーズ』第十八挿話は、そうした一連の流れで不在化されている妻の本音を描いてみせている。語られることのなかったペネロペイアの心の内を、モリーが語ってくれていると思われる。求婚者たちに困惑していたペネロペイアと同じく、モリーの心の内にも男たちへの不平があふれている。また「知恵のまわる」と形容されるペネロペイアが、オデュッセウスの放浪譚をそのまま信じないように、モリーもブルームの一日の行動の報告を信じることはない。ペネロペイアが布地を織っては解きほぐしていたように、モリーも男たちをめぐる物語を織っては解きほぐしている。

ひるがえって、ペネロペイアはオデュッセウスの出現をすぐには信じない。その態度をいぶかしがる夫に向かい、彼女はヘレネのパリスとの駆落ちが神の仕業であったと告げる。そして自分にもそのような運命のいたずらが降りかかるかもしれないとの不安にかられ、疑り深くなっていたと語っている。が、それほど知恵のまわる女性であるなら、オデュッセウスの放浪譚を聞きおよび、彼がキルケやカリュプソと何もなかったと信じることはないはずである。心の内に不満を抱えているはずだ。知謀に富むオデュッセウスとの生活で、ペネロペイアも知恵に磨きがかかっていよう。同じく『ユリシーズ』のモリーも、ブルームとの結婚によって猜疑心を培われたものと思われる。ブルームのもっともらしい一日の行動についての話に、モリーも「嘘っぱち」(37)と不信の念を隠さない。第十八挿話はペネロペイアには許されていなかった、そうした女性の隠された声を綴っている。

アトウッドのペロペイアはジョイスのモリーを手本にしたと思われる。彼女は神話として定着している貞節な妻としてのペネロペイアに声を与え、女性の側から『オデュッセイア』を読み取ろうとしたのである。ジーン・リースが『広い藻の海』（一九六六）でバーサの視点から『ジェイン・エア』を、またジェイン・スマイリーが『千エーカーの土地』（一九九一）でゴネリルやレーガンの立場から『リア王』を読んだように、アトウッドもジョイスのモリーを手がかりに、フェミニストとしての解釈を試みたと思われる。『オデュッセイア』のペネロペイアは貞節な女性として賛美されながらも、その心の内はほとんど語られていない。『ペネロピアド』はその秘匿された領域を探ったものである。

女性作家は往々にして、男性作家の作品に抵抗を試みる。ジョイスのモリーと同じく、アトウッドのペネロペイアも、父権制の枠組を批難している。男性と女性では、こと性の問題においても、ダブル・スタンダードが課されている。ペネロペイアもモリーもそのことを問題視していよう。それでも二人とも夫への関心がある。アトウッドのペネロペイアがトロイア戦争の元凶であったヘレネに手厳しいのは、美人のヘレネへの嫉妬によると同時に、夫との平穏な生活がトロイア戦争によって二十年も寸断されたためである。それと対照的にモリーは密通を犯しているものの、それも夫の関心を呼び戻すことにあるとも言える。そのように読むならば、二人の女性は父権制の枠内に留まっていることになる。

クッツェーの『エリザベス・コステロ』では、『ダーバーヴィル家のテス』(一八九一)のハーディや、『アンナ・カレーニナ』(一八七七)のトルストイに対して批難を向けている。両作家とも女性に声を与えながら、その声を自らの哲学に回収しているためだという (Coetzee 14)。ハーディは「純粋な女性」という副題を冠することで、テスに対する社会の価値観を批難しながら、結局はテスにその価値観を受容させてしまっている。同じくアンナも密通に踏み切りながら、結婚という家の制度から逃れることはできない。ハーディもトルストイも女性に行動の自由を与えることもなく、人生の指針をそれぞれの運命の手に委ねている。テスもアンナも死という結末を迎えている。

ハーディやトルストイの女性とは対照的に、キッチンは『エクルズ道路の家』で、結婚という制度そのものに疑問を投げかけている。そのモリーは夫レオに結婚記念日を想起させ、帰りを待つのではなく、自主的な行動をとる。すでにジョイスのモリーの時代から百年近くが経過し、女性が家庭に留まる意味も消えようとしている。巻末の作者へのインタヴューによると、キッチンはジョイスの作品をウルフの手法で描いたとされる。水のイメージも多い。が、ジョイスとウルフの「内的独白」の目論見に大きな相違があるわけではない。ジョイスの方が性描写を含め赤裸々であったにすぎない。したがって、キッチンがあえてウルフの手法を仰いだとしたら、それは女性の意識の描写においても、穏和でありたいといった都合であっただろう。

そこで想起したいのがマーチン・カニンガムの『めぐりあう時間たち』である。これはヴァージニア・ウルフの『ダロウェイ夫人』を基にした作品である。作者ウルフが作品を創作している一九二三年、その作品を読み家庭を放棄するローラ・ブラウンの一九四九年、そしてローラの息子リチャードが母を標的にした作品で文学賞を受賞する一九九〇年代末、と三つの時代が描かれている。この歴史の流れで明らかにされているのは、セクシュアリティに対する認識の変化である。リチャードはホモセクシュアルでエイズを患っている。彼に恋心を抱くクラリッサもやはりレズビアンである。カニンガムのこの物語によると、ウルフが抱えていたレズビアンという不安は、時代の流れの中で消滅したことになる。

同時に、カニンガムは家庭という獄舎からの女性の解放にも目を向けている。ウルフは夫レナードに感謝しつつも、自らの人生に決着をつけるため入水自殺した。屋根裏部屋に安らぎを見出すダロウェイ夫人には、作者ウルフの孤独が読み取れよう。またローラ・ブラウンについては、レズビアンとして、第二次大戦後のアメリカの理想的な家庭で抱える女性の苦悩を取りあげる。そして二十一世紀を前にしたクラリッサについては、ダロウェイ夫人の憧れであった、レズビアンの女性との同居が描かれている。かくしてレズビアンの女性がもはや例外的な存在でなくなった現代、家庭の意味も異なってくる。

キッチンのモリーはレズビアンではない。彼女は『エクルズ道路の家』におけるモリーの人物造形において、性的な問題ではなく、生きる意味を問うたと思われる。ジョイスの時代から百年の歳月の流れにおいて、家庭の意味も希薄化した。キッチンはそのような事情を念頭に、「結婚の囚われ人」としての『ユリシーズ』のモリー解放という問題に取り組んだのである。折しも、ジェイン・スマイリーや、マーチン・カニングといった身近な手本もあった。

ここで再び『エリザベス・コステロ』の問題に立ち返りたい。コステロが念頭においていたのは作者という概念である。彼女はオーストラリアの作家でありながら、『ユリシーズ』を独自の視点で描いたとされる。ジョイスの作品を読むのに、アイルランドという世界に限定することには疑問が残る。クッツェーが『ロビンソン・クルーソー』（一七一九）から『フォー』（一九八六）という作品を創作した背景には、奴隷制度を嘉するデフォーへの不信があったと思われる。コステロの『エクルズ道路の家』は、ミシェル・フーコーの「作者とは何か?」と同じ、一九六九年の出版とされている。作者という概念への疑義がやはりその背景にあるだろう。

コステロやフーコーの直前には、ロラン・バルトの「作者の死」（一九六八）が書かれ、作者の支配から解放された読者の誕生が喧伝されていた。その流れを敷衍して、二十一世紀の今日、文学はグローバルな製品であるとも言えよう。『ロビンソン・クルーソー』は、十八世紀のイギリス人だけではなく、時代や空間を超え、世界的に読み継がれている。文学作品は国際社会の共通の遺産として、多様な読者の所有物である。ジョイスの『ユリシーズ』も、作者の名前が冠せられた作品ではなく、多様な人々の想像力を刺激する文学だ。キッチンが『エクルズ道路の家』で、「結婚の囚われ人」としてのモリー解放を着想したのも、そうした時代背景による。

ジョイスの『ユリシーズ』が『オデュッセイア』を枠組としたことに、T・S・エリオットが賞讃を送ったが、逆にジョイスが『ユリシーズ』において『オデュッセイア』を現代に蘇生させたとも読める。物語には過去の遺産としての価値もあるかもしれないが、読者はすべからくその物語に息吹を与え、同時代の物語へと解放すべきである。キッチンがジョイスからの解放を語るとき、モリーは一九〇四年六月十六日のダブリンという固定した時間・空間から転生し、二十一世紀に向かうアメリカで、自由な女性として新たな生を受けたことになる。

注

（1）*Ulysses*, p. 608. 以下、ジョイスの『ユリシーズ』の十八挿話からの引用については行数のみを示す。なお、翻訳については、丸谷才一・永川玲二・高松雄一訳（集英社、一九九七年）を参照し、文意を読みやすくするためスラッシュを入れた。

（2）『ユリシーズ』第十一挿話で、ブルームは "Hate. Love. Those are names. Rudy. Soon I am old" と独白しているが、それに続けて語り手は、"But when was young?" と皮肉っている。ここにはジョイスとキッチンの相違が認められる。*Ulysses*, p. 234.

引用・参照文献

Coetzee, J. M. *Elizabeth Costello*. London: Vintage, 2004.

DeVault, Christopher. *Joyce's Love Stories*. Surrey: Ashgate, 2013.

Innes, C. L. *Woman and Nation in Irish Literature and Society, 1880–1935*. Georgia: U of Georgia P, 1993.

Joyce, James. *Ulysses*, ed. Hans Walter Gabler with Wolfhand Steppe and Claus Melchior. New York: Random, 1986.

Kitchen, Judith. *The House on Eccles Road*. London: Penguin, 2002.

Woolf, Virginia. *The Diary of Virginia Woolf*. Vol II (1920–1924), ed. Anne Olivier Bell. San Diego: Harcourt Brace, 1978.

第三部

小説と神話性

——記憶することと、記憶の忘却の問題

第9章 カズオ・イシグロ『忘れられた巨人』における忘却の行方
――埋められた記憶が掘り起こされるとき

奥山 礼子

1 はじめに

カズオ・イシグロの『忘れられた巨人』(二〇一五)は、記憶の忘却とその後の意味を問うた挑戦的な作品である。これまでの作品とは全く異なった、アーサー王が死んで間もない古代ブリテン島を舞台としたファンタジーの形を取りながらも、そこには初期の長編に繋がるイシグロ自身の日本への思いが垣間見られる。

作中ではアーサー王伝説の魔法使いマーリンが、ブリトン人とサクソン人の悲惨な戦いを終わらせるために、アーサー王の命により、人びとに記憶を忘却させる魔法を雌竜クエリグの息にのせたとされる。その息の霧を吸った人びとは、過去の記憶を失い、ブリトン人もサクソン人も互いに対する苦々しい憎しみの記憶を忘れ、ともに平和に暮らしている。作品の中心となるブリトン人の年老いた夫婦アクセルとベアトリスは、自分たちに息子があることを記憶の中にかすかに留めていたが、その顔も、どうして離れて暮らしているのかも思い出せないまま、息子に会うために旅に出る。

この作品は前作『わたしを離さないで』（二〇〇五）から一〇年目の作品であり、その意味でも読者の期待は非常に大きなものだった。ＳＦ作家のニール・ゲイマン（Gaiman）は、イシグロは「神話や歴史やファンタジー的なものを道具として使うことを恐れず」、卓越した作品がそうであるように、読後に読み手の心に長く留まり、読み手に何度も繰り返し読ませる作品を執筆した、と高く評価した。しかしその一方で、この作品の総体的評価は芳しいものではなく、例えば、ジェイムズ・ウッド（Wood）は、イシグロは「歴史的な記憶喪失についての小説ではなく、歴史的な記憶喪失のアレゴリーを書いた」が、問題はそのアレゴリーが文字通りで単純であるため、「巨人は十分深く埋められていない」と酷評している。また、トビー・リシティグ（Lichtig）も、作品の「語り」が登場人物と読み手の「距離」を作っていることがこの作品の重大な問題であるとし、読者は一〇年ぶりの彼の作品に期待をしていただけに失望したのだと述べる。このように多くの批評家たちが、この作品を今までの彼の作品と比べて失敗作と見なしているが、イシグロがアーサー王伝説を用い、語りやプロットについての危険をあえて冒しながらも、この作品で描こうとした記憶とは一体どのようなものなのか。彼の世界観を理解するには日本的感性が必要なのではないだろうか。

イシグロはこの作品のテーマについて、これまで「個人の記憶」を扱ってきたが、この作品では「共同体の記憶」を扱おうと思ったと述べている（イシグロ2）。しかし実際には彼はこの作品で、「個人」の記憶と「共同体」の記憶の両方を扱っており、それらを同レベルに置きながら、失われた記憶とその記憶が戻った後に焦点を当てているように見える。本論では、カズオ・イシグロという作家が一〇年という時間を費やして構想し、完成させた、記憶をテーマとしたこの作品で、われわれ読者に伝えようとしたことは何だったのかという問題を日本人の視点を交えながら考えてみたい。特に個人の記憶と同様に共同体の記憶、その忘却の行方について考察したい。

2　記憶が戻ることを恐れるアクセルとベアトリス

アクセルとベアトリスは、丘の斜面に深い横穴を掘った「ウサギの巣穴」のような集落に六〇人ほどで暮らしており、[1] 村人との小さないさかいはあるものの、二人はいたわり合いながら平和な毎日を過ごしていた。一見すると、長い夫婦生活の上に築かれた、互いへの揺るぎない信頼と絶対的な愛情を体現しているような老夫婦像であるが、彼らには過去の記憶がないのである。そしてその記憶喪失の原因は不思議な霧にあるらしいと考える。息子に会うための旅に出た二人は、ある村で出会ったサクソン人の戦士ウィスタンと一二歳の少年エドウィンとともに旅を続けるが、途中で立ち寄った修道院の神父ジョナスとウィスタンから、記憶を失わせる霧の正体がクエリグの息であることを明かされる。ベアトリスは、クエリグを殺せば記憶が戻ると喜ぶが、次第に二人は、霧が晴れたあとで、過去の記憶が戻ることに大きな不安を感じるようになる。

アクセルは、ベアトリスが彼の「邪悪な行為を思い出して」、彼に対する見方が変わるかもしれない、と大きな不安を感じる。そして今の記憶が、戻った記憶によって害されることを恐れ、記憶がどのようなものであっても、「私に対して今、感じていること」を心に留めると約束してほしいとベアトリスに訴える（280）。ここで現在の感情と過去の記憶の乖離および対立が起こっている。過去の記憶を忘却しているために現在の感情が存在しているのかもしれず、今の穏やかな愛に満ちた感情を過去の記憶が害するのであれば、記憶を取り戻すことに何の意味があるのか、とアクセルは考える。ベアトリスも同様の不安を感じ、霧が晴れるのを一番恐れているのは自分自身であることを認識する。そして彼女は「昔あなたにひどいことをしたような気がした」と、脳裏をよぎる彼女自身についての記憶の断片を感じるが、戻ってくる記憶がどのようなものでも「二人で一緒に歩いてきた道」をあるがままに見ようと、過去の記憶に積極的に対峙する姿勢を示す（307）。

一方アクセルは、ベアトリスが風に向かって歩く姿を見たとき、心の片隅である強い感情を伴って、「記憶の断片がうごめく」のに愕然とし、彼女に駆け寄ってかばってやりたいという圧倒的な思いと混ざって、「明らかな怒りと恨みの影」を認識する。そして彼はケルンの前で謝るように頭を下げるベアトリスを見ながら、彼女が不在にした夜が幾夜もあったという過去の記憶とともに、彼女に対する怒りがより確固たるものとなるのを感じ、恐怖を覚える（294）。その後もまた、彼女の同じ姿勢にアクセルの心は反応していることから、おそらくケルンの前で見せたベアトリスの頭を下げる姿勢が、過去において彼女が自らの不実の行為に対して彼に謝罪したときと同じものであり、それが断片的な彼の記憶を誘発したと考えられる。このようにほんの断片的な過去の記憶が、それとは乖離している彼女への現在の感情と対立し、それを怒りに変えるほど、アクセルの心に大きな影響を及ぼしたことがわかる。

この記憶の断片はアクセルの心の中で繰り返し想起され、徐々に映像化されながら鮮明に意識化されてゆく過程が見られる。それらは「怒り」や「恨み」という感覚から、「嵐の夜」、「ひどい苦悩」、「底知れぬ海のように彼の前に広がる孤独」（307）という表現でわかるように、感覚を伴った具体的な映像へと移行し、さらにそれらの断片的な映像は繋がり合い、行動の記憶を再現する。以前にベアトリスはアクセルのいない夜を独り部屋で過ごした辛い記憶について語ったが（247）、「眠れず、小さな蝋燭を灯し、彼らの部屋で独りたたずんで」いたのは、ベアトリスではなく自分であったのではないかとアクセルは自問する（307）。このように、忘れられていた「怒り」や「恨み」

という感情の記憶は、具体的に経験された出来事の記憶の断片を誘発しながら、ジグソーパズルのピースをはめ込むように出来事の全体像を想起していく。

作品の終盤、クエリグがウィスタンに倒され、記憶が戻ってきたアクセルに、ある特別な島に二人を渡すという船頭が、長年一緒に暮らしていて、特に苦痛な思い出があったかという質問をする(338)。アクセルは妻が自分に不実であったこと、二人のいさかいを見て息子が家を出ていき、疫病で死んだことを語った。さらに妻に息子の墓参りを禁じるという仕打ちをし(339)、それは自分を「一、二ヶ月寝取られ男にしたくらいの小さい不実よりもひどい裏切り」(340)だったと述べる。また、息子の墓参りを禁じた理由について、アクセルは「ただの愚かさと自尊心」、「心の奥に潜む何か」、「罰したいという欲望」だったと述べ、表面では「許しを説き、実行してきた」が、「長年、心の中にある復讐を望む小さな部屋に鍵をかけてきた」と説明する(340)。

ここで注目したいのは、クエリグの霧によって記憶を失う以前に、アクセルはベアトリスの不実に対して復讐を望む、苦々しい感情の記憶を、彼自身によって心の「小さな部屋」に封じ込めたことである。つまりアクセルは彼自身で自らの感情の記憶を忘却しようとしたのである。そして、アクセルは二人で共有する年月の積み重ねによって徐々に癒され、「最後の闇」がついに去ったと感じて旅に出たと説明する(340–41)。この説明では霧による忘却との関係についてはあえて触れていないが、少なくともアクセルは忘却と時間によって心を回復したことをここで認めている。こう考えると、忘却とは、一時的にでも辛い感情の衝撃から回避できる、人間に備わった自助的な心の作用であり、イシグロはこの個人の心が行なう忘却を、集団としての共同体全体に適用するために、クエリグを登場させたと考えられる。つまりクエリグは忘却を起こす心の作用の表象的存在であり、集団的共同体の記憶を扱おうとしたイシグロのファンタジー的な道具立てと言えるだろう。

最後にアクセルは、クエリグの霧による忘却がなかったら、自分たちの愛情はこんなに強まっただろうかとベアトリスに問い、「それは古い傷を癒してくれたのかもしれない」と述べる (344)。つまり過去の辛い記憶の忘却があったからこそ、今の強い愛情に至れたのではないかと、忘却を肯定しようとする素振りを見せる。それが、クエリグの息であろうと、心の作用であろうと、アクセルとベアトリスにとって、忘却とはしばしの心の平安を導き、心の傷を癒すことができるものだったのである。

しかし、そのような彼らの愛情は、実は証明することの難しい、不確実なものであることをイシグロは繰り返し強調する。アクセルとベアトリスは、「一生を分かち合い、並外れた強い愛情で結ばれた男女」だけが「二人一緒の生活を死ぬまで続けられる」という島に行くために、船頭というジャッジに二人の「愛情」の強さを査定される (334–42)。これは『わたしを離さないで』で、臓器「提供」の「猶予」(*N* 253) を得るために、本当に愛し合っているかどうかを「判断する基準」になると言われた絵を描き続ける登場人物の姿を喚起させる。この作品では愛情の曖昧性を認識しながらも、その不確実な愛情を証明しようと必死になる姿が描かれ、このモティーフは船頭に自分たちが強い愛情で結ばれ、信頼し合っていることを伝えようとするアクセルとベアトリスに引き継がれている。また、前述したように、アクセルは忘却した記憶が戻った後、今の感情が変化することに大きな不安を感じるが、これも愛情の確実さを信じきれないことからの不安であり、同様のモティーフに繋がる要素を有すると考えられる。

3　アクセルとアーサー王伝説

この作品の状況設定に大きく関わっているのが、アーサー王伝説である。アーサー王の甥にあたる年老いたガウェイン卿によって、記憶を失う以前のアクセルについて語られる。彼はアーサー王に仕える勇敢な騎士の一人で、サクソン人とブリトン人の戦いを鎮めるために「無垢の法、偉大な法、人を神に近づける法」(233) と称された法を作り、アーサー王の名のもとサクソン人と協定を結んだ。彼はサクソン人から「平和の騎士」(232) と呼ばれ、サクソン人と親しくしていたが、その協定は長くは続かず、ブリトン人は協定によって無防備になっていたサクソンの村を襲撃し、赤ん坊に至るまで村人たちを皆殺しにした (231)。そのためにアクセルは皆の前でアーサー王をののしり、王のもとを去ったが、王は彼の奉仕と友情に感謝し、彼の名を栄誉とともに記憶することを命じた(297)。その後アルセルは全てを捨て、妻との静かな生活を選んだことをガウェイン卿は回想する(294)。

アクセルはアーサー王が全幅の信頼をおく気高い騎士であったという点から、円卓の騎士の一人、湖のランスロットを喚起させる。しかしもう一方で、妻ベアトリスが彼に不実であったという点を考えると、アクセルは、王妃グィネヴィアとランスロットが愛人関係であったアーサー王の要素ももち合わせている。アクセル(Axl)という名前からもアーサー王の「A」とランスロットの「L」が組み合わされているのは決して偶然ではないだろう。また愛を施すものという意味をもつベアトリス(Beatrice)という名も、ダンテを天国に導いた理想の女性を連想させる。ある時は不実なグィネヴィアの要素をもちながら、アクセルから「お姫様」と呼ばれるベアトリスは、愛を体現すると同時に、その愛の曖昧さ、不確実性をも自ら表象している。

アクセルは、息子は島に渡ったので墓はこの周辺にあると船頭に説明する(341)が、これは明らかにアーサー王の死の描写と符合する。トマス・マロリーのキャクストン版『アーサー王の死』(一四八五)によると、息子であるモルドレッドとの戦いで深手を負ったアーサー王は、黒い布で顔を覆った王妃や貴婦人たちと小舟に乗り、アヴァロンの島に向かう。それを見送ったアーサー王の騎士の一人ペディヴィア卿は翌朝、森の中である寺院を見つけ、そこにアーサー王の墓を発見する

(マロリー 四三五—三六)。つまり、島に渡ることは「死」のメタファーであり、これと同じメタファーがアクセルとベアトリスの息子の死、さらに、島に渡ろうとするベアトリスの死の表象にも使われている。

五世紀頃に活躍したとされるブリトン人の王アーサーは、実際の存在も明らかではない、伝説的な人物であり、一二世紀頃に主にフランスで書かれ始めてから、さまざまな政治的プロパガンダに使われてきた(ベルトゥロ 一二—三)。つまり、個人の記憶の総体としての共同体の記憶の中のアーサー王は、どこにその根拠を辿ればよいのかわからない存在と言える。イシグロは、アーサー王伝説を一見作品設定の土台のように見せてはいるが、アーサー王がガウェイン卿より先に死ぬなど、作品での記述が通常のアーサー王伝説に忠実ではない点がいくつか見受けられる。このようなイシグロの姿勢には、ブリトン人に対するある種の批判が垣間見られ、ブリトン人が作った忘却をサクソン人が晴らすという物語全体の構造にも繋がるという解釈ができる。しかし、それと同時に、イシグロはアーサー王伝説を使うことで、ブリトン人という民族の記憶としてのアーサー王伝説そのものの曖昧性、つまり共同体の記憶の曖昧性を提示し、人間の記憶や愛の曖昧性と連動させながら、それを作品が提示する世界の基調にしようとしたと考えられるのである。

4　共同体の記憶と忘却、そして長崎

クエリグの息の霧のためにブリトン人とサクソン人は憎しみを忘れ、平和に暮らしていたが、サクソン人の戦士ウィスタンだけは、同胞をブリトン人に殺戮された記憶を保持し続けていた。彼はエドウィンにブリトン人を憎み続けることを約束させ、それがサクソン人としての、つまり共同体としての義務であることを訴える（264）。これは共同体における憎しみの連鎖を意味し、これにより憎しみの記憶が受け継がれていくことが暗示される。さらに、平和のためには忘却が必要だと訴えるガウェイン卿に対し、ウィスタンは忘却の上に築かれた平和は無意味だと主張し、記憶が戻れば、「正義と復讐がすぐにやってくる」（322）、「埋められた巨人がすぐに動き出す」（324）と説く。ここで、この作品の題名となっている「埋められた巨人（The Buried Giant）」という言葉が、忘却された共同体の負の記憶を意味していることが明らかになる。ウィスタンはガウェイン卿を倒し、さらにクエリグを退治して、ブリテン島が「新しいサクソン人の国になる」ことを予言する（324）。

イシグロはインタヴューで、「どんな社会にとっても、何を記憶し、何を忘れ去ってしまうべきかを決定する」こと、そしてそれを「誰がどう決定する」かは「とても大きな問題」であると述べている（イシグロ1）。これはまさしく日本にも当てはまることである。原爆を投下された日本人はその憎しみや怒りをどのように処理したのか。イシグロは子供の頃に過ごした長崎の人びとが、原

爆についてあたかも避けられない「自然災害」に遭ったかのように語ると指摘している。そして彼らは原爆で死んだ人を悲しみはするが、原爆投下を極悪非道の行為とは見ていないことに疑問をもつ (Shaffer 29)。イシグロは、日本人があたかもクエリグの息のようなものによって、同胞が殺戮された記憶を、共同体として失っているように感じていたことがわかる。これは『遠い山なみの光』(一九八二) において、終戦直後でありながら、長崎に住む登場人物たちが原爆について積極的に語ろうとしない描写にも反映されている。

それでは、日本人にとってのマーリンとは何だったのか、そしてその魔法とはどのようなものだったのだろうか。敗戦後、身も心も疲弊した日本人に、GHQの指導で作成された新憲法のもと、アメリカが体現する民主主義社会という可能性に満ち溢れた、自由で平和な社会の未来像が提示された。これは大きな意味をもっていたと思われる。当時、日本には原爆投下による大量殺戮に対する恨みや憎しみの感情はもちろん存在していたが、その中で悲惨な状況から前に踏み出して生きるためには、子どもたちのための平和な未来像に視点を向ける必要があったからである。そのためには、憎しみや憤りの感情は意図的に忘却する、あるいは忘却した振りをする、しかなかったのである。

長崎の人びとが原爆をあたかも「自然災害」のように語るとイシグロは指摘しているが、生き残った人びとが子どもたちの未来に向かって前進するためには、原爆を不運にも遭遇してしまった「自然災害」と考え、恨みや憎しみを封印せざるを得なかったのではないだろうか。この意味では、共同体としての原爆の記憶は、意図的に忘却された、つまり人びととの連帯した意識の奥底に意図的に「埋められた」と言えるかもしれない。つまり日本人にとってのマーリンの魔法とは、未来に進むための「意図的な忘却」だったと考えられる。

『遠い山なみの光』において、家族のほとんどを原爆で亡くしたフジワラが原爆の記憶について、「私たちみんな忘れなければならなかった (We've all had to put things behind us.)」(*P* 76) と語り、またサチコは「過去を振り返ってばかりではいけない。私も戦争でめちゃめちゃにされたけど、私にはまだ娘がいるのだから。あなたの言うとおり私たちは将来に目を向けなければいけない」(*P* 111) とエツコに言う。ここでも、戦争の記憶を意図的に忘却し、意図的に未来に目を向け、前進しようとする日本人の姿が窺える。このように、忘却とはわれわれ人間の心に備わった生きるための自助作用であり、そう考えると、戦後の日本人にとってのマーリンとは、アメリカでも、日本政府でもなく、生きて前進しようとした、連帯した日本人の心であったのではないかと思われるのである。

『遠い山なみの光』では原爆が中心的なテーマとなっているにも関わらず、原爆について何も語られない。ミルトン (Milton) はこれを、「真空状態」に喩え、ドラグは心的外傷後に起こる「情動的知覚麻痺」(Drag 93) と表現しているが、長崎の人びとはあえてこの状態を作り出したのだ。そしてこの作品では、人びとがこの忘却の上で必死に生きる姿が描かれる。しかしエツコにとって娘ケイコの不幸な人生やその自殺は、自らの未来のためにケイコを連れて長崎を去った結果として、彼女に大きな罪悪感を抱かせる。ドラグも指摘しているように、自殺したケイコは「遅れて訪れた、間接的な原爆の犠牲者」(Drag 93) なのである。つまりケイコの自殺は、原爆の惨事を忘却してイギリスへと逃避したエツコの前に、突然痛みを伴って姿を現わした、埋められた原爆の記憶の表象と考えられる。これは一九九〇年代に起こったアラキ・ヤスサダ事件(2)で注目された「狂った娘とピカドン ('Mad Daughter and Big-bang')」という詩の一節を喚起させる。畑で蕪を見つけた「私」は、それを原爆で死んだ娘の頭と思いこむ（荘中 二九—三四）。その頭は、「男の子たちが私をここに埋めた (Some boys buried me here.)」と言い、「私はその蕪を根こそぎ引き抜く」(Yasusada) のである。この詩自体は偽作であり、評価の対象にはならないが、ここで行なわれている行為は、エツコの場合と同様、共同体の埋められた記憶が掘り起こされることを表象している。個人においても、共同体においても、埋められたものはただ人の視野に入らないだけで、地面の下に確実に存在している。それはいつか掘り起こされ、「埋められた巨人」に対峙しなければならない時が必ず訪れるのである。

5　結び

作品のエンディングで、小舟にベアトリスを乗せたアクセルは船頭に言葉もかけず、陸に引き返す。彼は振り返りもせずに水の中を歩き続ける (wades on) (345)。ここで二回用いられている「wade」という単語は、北欧ゲルマン系神話の海の巨人「ワーデ (Wade)」(Davidson 239) と同じ綴りである。まさに埋められた巨人が再び動き出したことが暗示される。ウィスタンによってエドウィンの心に植えつけられた憎しみも確実に成長し、かくしてブリテン島において、サクソン人がブリトン人を滅ぼしたことが史実として刻まれる。

この作品は、伝説、人間同士の愛、そして記憶という曖昧性、不確実性の要素で成り立っていると言える。読み手は読み返すたびに、登場人物や出来事、それぞれの関係を理解できるようになるが、ゲイマンが指摘しているように、そうであっても「そこに秘められた秘密、その世界は固く守られたまま」なのである。読み手はイシグロが綿密に構築したラビリンスの中に迷い込んだ蟻のごとく当惑する。しかしこれこそが、読み手を執着させる、この作品の空間がもつ魅力なのではないだろうか。そしてわれわれ日本人は、この作品に原爆の影を読み取ることで、さらなるラビリンスの深淵へと導かれ、そこにイシグロが本当に描きたかった空間の真髄を模索するのである。

人間は過去の記憶を忘却することはできるが、それは埋められただけで、いずれはそれと対峙しなければならない。そして、このことは個人のみならず、どんな共同体についても同じであることをイシグロは示唆、いや警告している。掘り起こされた記憶は人びとの心にまた憎しみを芽生えさせ、争いが起こるかもしれないが、そのようなときでさえも、「ゆっくりとしか治らないが、それでも結局は治る傷」(341) のように、怒りや憎しみが癒えるときが必ず訪れるはずである。これこそが、記憶を埋めた共同体へのイシグロのメッセージであるように聞こえる。

注

(1) Ishiguro, *The Buried Giant* 4. 以後、この作品からの引用は頁数のみを記載する。なお引用の翻訳にあたっては、土屋政雄訳を参考にさせていただいた。

(2) 一九九〇年代半ばに、広島で被爆したアラキ・ヤスサダという人物の英訳された詩がアメリカの雑誌に掲載され大きな反響を呼んだが、それは被爆者を騙る全くの偽物であり、本当の作者は未だにわかっていない（荘中 二一九）。なお、荘中は『カズオ・イシグロ』の第一章「カズオ・イシグロと原爆」において、アラキ・ヤスサダについて詳しく取り上げているので参照されたい（荘中 一七―三七）。

引用文献

Davidson, H. R. Ellis. *Gods and Myths of Northern Europe*. London: Penguin, 1964.

Drąg, Wojciech. *Revisiting Loss: Memory, Trauma and Nostalgia in the Novels of Kazuo Ishiguro*. Newcastle upon Tyne: Cambridge Scholars Publishing, 2014.

Gaiman, Neil. "Kazuo Ishiguro's 'The Buried Giant'." Sunday Book Review, *The New York Times*, 25 Feb. 2015. www.nytimes.com/2015/03/01/books/review/ kazuo-ishiguros-the-buried-giant.html?_r=0

Ishiguro, Kazuo. *The Buried Giant*. London: Faber, 2015. 『忘れられた巨人』土屋政雄訳、早川書房、二〇一五年。

——. *Never Let Me Go*. London: Faber, 2005.（文中では *N* と記す）

——. *A Pale View of Hills*. London: Faber, 1982.（文中では *P* と記す）

Lichtig, Toby. "What on earth." *TLS*, 18 Mar. 2015. www.the-tls.co.uk/tls/public/article1544329.ece?token=-2079145393

Matthews, Sean, and Sebastian Groes, eds. *Kazuo Ishiguro, Contemporary Critical Perspectives*. London: Continuum, 2009.

Milton, Edith. "In a Japan Like Limbo," *The New York Times*, 9 May 1982. www.nytimes.com/1982/05/09/books/in-a-japan-like-limbo.html?pagewanted=all&pagewanted=print

Shaffer, Brian W., and Cynthia F. Wong, eds. *Conversations with Kazuo Ishiguro*. Jackson: UP of Mississippi, 2008.

Wood, James. "The Uses of Oblivion, Kazuo Ishiguro's 'The Buried Giant.'" Books, *The New Yorker*, 23 Mar. 2015. www.newyorker.com/magazine/2015/03/23/ the- uses-of-oblivion

Yasusada, Araki et al. "Doubled Flowering: From the Notebooks of Araki Yasusada." *The American Poetry Review*, vol. 25, no. 4, 1996, pp. 23–26. www.jstor.org/stable/27782161.

イシグロ、カズオ「「時空を超えて伝わる『感情』を描き出す」作家、カズオ・イシグロの野心」、WIRED.jp, 29 Dec. 2015.（文中ではイシグロ1と記す）wired.jp/2015/12/29/interview-kazuo-ishiguro/

――「「問い」から生まれるファンタジー：問題作『忘れられた巨人』をカズオ・イシグロが語る」WIRED.jp, 10 Aug. 2015.（文中ではイシグロ2と記す）wired.jp/2015/08/10/kazuo-ishiguro-interview/

荘中孝之『カズオ・イシグロ――〈日本〉と〈イギリス〉の間から』春風社、二〇一一年。

ベルトゥロ、アンヌ『アーサー王伝説』「知の再発見」双書七一、村上伸子訳、松村剛監修、一九九七年。

マロリー、トマス『アーサー王の死』中世文学集I、ちくま文庫、厨川文男、厨川圭子編訳、筑摩書房、一九八六年。

第10章 ミュリエル・スパーク『死を忘れるな』

――物語に潜む一つの逆説

加藤　良浩

ミュリエル・スパークの『死を忘れるな』は、彼女の第三作目の長編小説である。スパークによれば、この小説を書くきっかとなった出来事は、病気の祖母を世話した際に彼女を観察する経験をしたことであるという(*Curriculum Vitae* 91)。実際、『死を忘れるな』の主な登場人物はすべて彼女の祖母のような七〇歳以上の高齢者であり、この点で、死をより身近なものと感じざるをえない人々を作品の中心にすえていると言うことができる。

作品の冒頭部分は、ディム・レティが「死ぬ運命を忘れるな」(2)とのメッセージを電話で受け取る場面で始まる。同様の怪電話は、次々と登場人物である老人たちにかかってくることになる。カール・マルコフが述べているように、この物語のポイントは、電話をかけてきた人物が誰であるかというよりも、その怪電話に対するそれぞれの人物の特徴的な反応であると言えよう (Malkoff 18)。こうした怪電話に動揺せず、死ぬ運命を忘れてはならないとの主張を冷静に表明する人物が、敬虔なカトリック教徒であるジーン・テイラーと元主任警部補のヘンリ・モーティマーである。従来、本作品のテーマについては、この二人の人物の発言に集約されているとの見解が示されてきた (Cheyette 39–40, Kemp 39–40, Malkoff 20–21, Richmond 52–53, Walker 18–19, Whittaker 57–58)。たしかに、彼ら二人が比較的平穏で幸福な晩年を迎えている事実は、こうした主張を裏づけているかのように見える。しかし、死を完全に無視しようとしているばかりか、世俗的欲望の権化のような人物として描かれるメイブル・ペティグルーもまた彼らに劣らず幸福な晩年を迎えている。この事実は何を意味するのだろうか。

むろん、勧善懲悪の観点からすれば、ペティグルーのもとに幸運が舞い込んで来るのは理にかなってはいない。彼女がライザ・ブルックの家政婦であった時分には、ライザが精神的に弱っていることにつけ込み、「夫が生き長らえていたら、全財産を夫に、その後は私の家政婦のメイブル・ペティグルーに譲る」(28) という遺言状を作らせている。半世紀近く音沙汰のない七歳年上の彼女の夫が生きている見込みがないとの想定の下にである。また、コルストン家に家政婦として雇われた際には、主人であるゴドフリーの昔の愛人関係の証拠やコルストン醸造会社のスキャンダルの証拠書類を見つけて、遺産を自分に残すよう彼を脅迫する。結局、事情を察したテイラーがゴドフリーの妻のチャーミアンの過去の不貞をゴドフリーに知らせることでペティグルーの脅迫は無効となる。だが、ライザの死後、四〇年間精神病院に入っていたライザの夫がまもなくして死亡すると彼が受け継いだ財産はすべてペティグルーのものとなり、晩年彼女は南ケンジントンのホテルに移り、そこで気ままな生活を送ることになる。

こうして、ペティグルーという人物の行動が引き起こした結果は、現実世界を不条理と見る作家の皮肉を描いているという見方もできるかもしれない（大社　七四）。しかし、テイラーとモーティマー以外の主な登場人物の中で、怪電話に反応する人物の行動姿勢を追っていった場合、ペティグルーと彼らの姿勢には明らかな違いがあり、それが死に対する姿勢の違いをもたらす原因になっていると考えられる。そして他の人物とは違うこの姿勢が、物語の中で、死を忘れてはならないという主張と死を忘れるべきであるとの主張を同時に成立させる要因をもたらしているのではないか。

『死を忘れるな』という作品は二〇世紀の中頃に書かれた作品であるが、死というテーマは世紀を超えた性質を持つものであることは否定すべくもないであろう。そして本論では、死のテーマを扱ったこの作品について新たな解釈を提示することにより、二一世紀の現在にも通じる、死に対して抱くべき一つの姿勢が作品中に示唆されていることを明らかにしてみたい。

1　俗人とカトリック信者――レティ、テイラー、モーティマーの場合

死のメッセージを伝える怪電話を最も頻繁に受け取るのはディム・レティであり、彼女はその電話から逃れるために、何とかして犯人を突きとめようとする。世俗の打算に敏感な彼女にとって、犯人は自分の遺産相続の遺言に関わっている人物である。記憶力を鍛えるべきだと彼女が考えるのも、遺産相続に関係した人物の中で、以前と比べて少しでも変化があった者を犯人と特定するためである。事実彼女は、手紙の返事を書いてこなかった甥のエリックや、怪電話の犯人を明らかにしない元警部のヘンリー・モーティマーが、その電話に関係していると疑うようになる。ディム・レティのそうした行為は、少しの変化に対する猜疑の気持ちを向けていれば、怪電話の主を突き止め恐怖から逃れることができるとの考えにもとづいているのであろう。「あたしを恐怖心で殺そうなんて、そんなことさせるものですか」(103) と意気込む彼女ではある。だが、羽根布団の羽が二匹の蜘蛛に見えた事例が示しているように、実のところ、過剰な警戒心が自らを恐怖に陥れる結果をもたらしていることがわかる。この彼女の過剰な警戒心は、自らの力を頼りとして行動しようとする自信の欠如によって生まれていると言ってもよいであろう。そしてその自信の欠如は、他人に依存しようとする気持ちを引き起こさずにはおかない。「だれか力強い味方がほしい。あたしに力を与えてくれるような、何か大きな力がほしい。あたしは誰に頼れるのだろう?」(104) と考える彼

女は、誰も頼るべき人物がいないと判断するや、疑心暗鬼となり自らを死に追い込んでいった。

ディム・レティとは対照的に、「死を忘れるな」と告げる怪電話を冷静に受けとめている人物が、ジーン・テイラーである。雇用主のチャーミアンに倣って、ローマ・カトリックに入信した彼女は、今やチャーミアン以上にその教えを自ら着実に実践していると言ってよい。我慢することに修養をつんだ彼女は、関節炎の苦しみなどに耐え、やがてそうした苦しみを「神の意志」(10)によるものと考えすすんで待ち受けるようになる。「死を忘れてはならない」との電話を彼女が一度も受けることがないのは、いつでも自らの身を神に捧げる覚悟ができている彼女にそのメッセージは不必要であるからにちがいない。

カトリックの教義によれば、死とは人間が「最後まで忘れてはならない四つのうちの第一のこと」(226)であり、そのためテイラーにとって極めて重要な意味を持つものである。この彼女が、怪電話におびえるディム・レティに向かって、「死ぬ運命であることを忘れないようになさったらどう?」(32)と告げるのもうなづけよう。テイラーとすれば、自身の死を直視することを避けようとするレティに、死が不可避であるゆえにこそ、限られた生が充実したものになるという真実を認めるよう促しているにすぎない。そしてレティに対して、「あたしには、正体不明の電話の主は、なんだか、死神そのものだと思えてなりませんの。これはもう仕方のないことじゃないかしら。死を忘れていると、死神がそれを思い出させる」(179)と述べている。この発言は、テイラーが、怪電話そのものを現実の行為というよりむしろ、死を忘れるべきではないとの真実を人々に伝える比喩的なメッセージとしてとらえていることを示している。

もっとも、死に対する恐怖を強く感じているレティの気持ちを察して、テイラーは彼女に次善の対処方法を提案することも忘れてはいない。レティに向かって彼女は、「私があなたの立場なら、電話には決して出ませんわ、ディム・レティ」(32)、「死を伝える電話を無視できませんか」(33)と述べた上で、「死を忘れている者に、死神がそれを思い出させるという事実をまっすぐ受け取ることができないとすれば、次善の策はやはり骨休めに出かけることでしょうね」(179)と語りかけている。こうした言葉をテイラーが発するのは、死についての考えを忘れ去らなければ、レティは死の恐怖から正常な行動をとり続けることも、以後の人生を充実したものとすることもできないと察して、レティに現実的な対処方法を提案してのことであろう。死を直視する重要性を感じているテイラーではある。しかし彼女はその一方で、死を直視することを避けた方がむしろよいと判断した場合は死を忘れる姿勢を持つことの必要性を述べているのである。だが、テイラーの助言をまともに聞く意思のないレティは、テイラーが「錯乱している」(33)としか受け取ることができない。

死を忘れないことの重要性を感じているのは、元主任警部補のヘンリ・モーティマーも同様である。怪電話の犯人の捜査に協力している彼は、「その電話の証拠から考えて、ぼくの意見では死神そのものだね」(144)と告げ、死を忘れてはならないと伝える死神からのメッセージとしてその怪電話をとらえている。現在七〇歳である彼は、頭が一部禿げてはいるものの、頭の両側と後ろの部分は灰色の髪が密生し、眉は黒ぐろと太く、活発な様子（spritely）(143) である。死を忘れないでいることの重要性を感じる彼は、捜査の報告に集まった人々に向かって次のように語りかける。

もし人生をもう一度やり直せるとしたら、ぼくは死というものを毎晩考えてみる習慣をつけるね。いわば、死を忘れない訓練をするわけですよ。これくらい人生を充実させてくれる訓練はない。死がやってきたとき、それが不意打ちであっては困る。人生において当然予期される事態の一つなんだからね。たえず死を感じていなければ人生は味気ないよ。卵の白味を食べて生きているようなものだ。(153)

充実した人生を過ごすためには人間が死ぬ運命であることを忘れてはならない、とモーティマーは考える。つまり彼は、死が必然的に訪れるという認識を抱いているからこそ、その死までの限られた生を充実させようと努めることができる、との人生観を抱いている。彼は孫たちと幸福に過ごし、ヨットに乗っている最中に、すなわち趣味に没頭し自由きままな時間を過ごしている最中に心臓麻痺を起こして七三歳で亡くなっているが、この生きかたは彼自身が抱く、死の瞬間まで充実した生を全うすべきであるとの人生観を実践したものだと言えよう。もちろん死をたえず意識して生きようとすることに重きを置く姿勢は、テイラーの姿勢とも一致している。七〇歳という年齢の割に風貌が若々しく描かれているのは、死を直視し、死を忘れまいとする心がけを実践しようとしている彼の生きかたが望ましいものと見なされているからだと考えられる。もっとも、このモーティマーでさえも怪電話から逃れてはいない。しかも彼自身が、「私の場合、電話の相手はいつも優雅な声をした女性だ」(156) と述べている通り、彼は複数回にわたってその怪電話を受けている。この事実は、リッチモンドが指摘するように、他人への助言者の役割を果たし平穏な生活を送っている点で類似していながらも、死を直視することに関してモーティマーはテイラーのレベルには達してはいないことを示していると言えよう (Richmond 53–54)。つまり、宗教的とも言える生活を送り、いつでも神のために身を捨てる覚悟ができているテイラーと異なり、世俗の世界のみに身を置く立場の彼が、完全に死と向き合い続けることがいかに困難であるかを示していると言える。

2　死の無視と依存
——ペティグルー、チャーミアン、ゴドフリー、エリック、アレックの場合

その一方で、死のメッセージを意にも介そうとしない人物がミセス・ペティグルーである。ゴド

フリーとチャーミアンのもとで家政婦として働きながら、ゴドフリーを脅迫して遺言状を書き換えさせようと企てている彼女は、レティにまして強い世俗的な欲望を備えた人物と言ってよい。彼女は、かつてゴドフリーと不倫の関係にありながらチャーミアンを脅迫していたライザ・ブルックに仕えながらも、そのライザを意のままに操っていたほどのタフな精神の持ち主でもある。他人から見て、ペティグルーが物事に動じない性格を備えているように映るのは、チャーミアンの言葉からも明らかである。怪電話のメッセージを聞いて動揺するゴドフリーに向かって彼女は、「なぜミセス・ペティグルーに相談しないの？　要塞みたいに強そうな人なのに」(126) と告げている。

豪快なまでに厚かましい性格を備えたペティグルーは、自分にとって不都合な事実は認めまいとする行動に出ている。

ミセス・ペティグルーは実は、ある静かな午後に正体不明の電話を受けたのだが、それを忘れることにしていた。彼女には、都合の悪い事態はすべて無かったことにし、それに関して完全に白紙になれるという強い能力がある。……そんなわけでミセス・ペティグルーは正体不明のあの電話の声を聞きはしなかったのだと自分に納得させている。あの出来事を無視するというのではなく、すっかり心の記憶からはずしてしまった。(157–158)

自分の記憶力に絶大の自信を持つペティグルーではある。だが、正確な記憶にもとづく変化が自らを恐怖に追い込んでいたレティとは異なり、自分に都合のよい事実だけを記憶しておくことによって、彼女は恐怖を心から締め出していると言ってよい。恐怖を感じること自体を拒否する彼女は、「死を忘れてはならない」と伝える電話をゴドフリーが受けた際に、狼狽する彼に向かって、そのメッセージは「まったくの想像にすぎないのよ」(122)と伝える。興味深いことは、テイラーすら警戒している、強い世俗的欲望という悪の性質を備えたペティグルー自身が、テイラーがレティに次善の策として述べている死を忘れるべきであるとの提案を実践していることである。このように、ペティグルーが、死を警告する怪電話の存在を自分の都合よく無視することができるのは、単に厚かましいからだけではなく、その行為が確かな自信に支えられた性質を持つものだからである。

「あなたにはすばらしい勇気があるわね、メイブル」とチャーミアンは言った。「それを正しい目的に使いさえしたらね。あなたの勇気が羨ましいわ。あたしはときどき、お友達がまわりにいないと頼りない気持ちになるの。(161–162)(163)

チャーミアンがペティグルーの勇気を「羨ましい」とさえたたえているのは、「試練のような苦しみ」(161)を感じた場合でも、自分の意志の力で、何事もなかったかの如くその苦しみを乗り越えるように見えたからであろう。しかも、ペティグルーを「要塞みたいに強そうな人」、「すばらしい勇気がある人」とまで述べていることから判断して、このようなペティグルーの行動をチャーミアンが目にしたのは初めてではない。さらに、チャーミアンがペティグルーを勇気ある強い人物と思えるのは、「あなたの勇気が羨ましい」という言葉に続けて、「あたしはときどき、お友達がまわりにいないと頼りない気持ちになる」、「お友達が毎日たくさん来てくれたころ、あたしには勇気がみなぎっていた」(162) と発言していることから推察できよう。こうした言葉は、ペティグルーが他人に依存しようとする自分とは異なり、孤高な姿勢と自信を保ちながら信念にもとづいた行動ができる人物としてチャーミアンには見えることを示しているからである。

チャーミアンは、死の警告を告げる電話がかかってきた際に、「三〇年以上も、折りにふれて死について考えました」と述べ、さらに、記憶力が衰えた今もなお「何となく死のことだけは忘れないわ」(129) と返答している。このような発言からは、彼女は死について比較的冷静に考えることができる人物であるかのように見える (Whittaker 57–58, Walker 24, Cheyette 41)。しかし、彼女が死を恐れている事実は、「あたしはあの正体不明の電話にこれ以上とても耐えられないと思うの」(168) (169) との告白に表われていることは明らかであろう。もっとも、リッチモンドが指摘する通り、電話が切れる直前に「あなたはどの新聞社のかた?」(129) と尋ねていることは、彼女が小説家の立場で「死のことは忘れない」と返答していることを意味しており、このため、彼女の返答がどの程度率直な気持ちを表したものであるかは定かではない。ガイ・リートに向かって彼女が、「小説という芸術は、ひとをだますこととそっくりでしょう」(192) と述べているが、この発言からは、小説という芸術の作者は、自分の率直な感情を言い表さなくとも許されると彼女自身考えていると推定できるからである (Richmond 49)。

チャーミアンがゴドフリーに対して毅然とした態度をとることができない主な理由は、かつてガイ・リートと密通したことに対して抱くゴドフリーへの罪の意識であるように思われる。たしかに、ガイ・リートがチャーミアンに向かって、「きみはやはりゴドフリーのことではいくらかの罪の意識を持っているらしいね」(189) と述べた言葉に対して、「前も言った通り、老人施設の中では汚れがない気持ちになれる」と反論してはいる。しかし、その際に、汚れがない気持ちになれるのは「もちろん幻想に過ぎない」(188) と自ら認め、またこの後にもガイ・リートから、「ゴドフリーに対する罪の意識は捨てたまえ」(191) ときっぱりと言われても彼女はそれを否定することはできない。こうしたことから見て、彼女がガイとの不倫の件でゴドフリーに罪の意識を抱いていることは明らかであろう。この罪の意識が、自らの自信にもとづく彼に対する毅然とした行動を阻み、ひいては死を警告する電話に対する毅然とした対処を阻む大きな要因となっているのにちがいない。

自らの力を頼りとする姿勢を抱くペティグルーとは対照的に、たえず何かに依存しようとする姿勢を抱いている人物としては、チャーミアンに加えて、ゴドフリーやエリック、アレックといった人物をあげることができよう。

ゴドフリーの場合は、妻のチャーミアンよりも優位に立ちたいとの気持に起因する、妻への嫉妬心が、自信にもとづく主体的な行動を起こそうとする気持ちを阻んでいると言える。彼は、「チャーミアンが自分より優位に立つこと、彼女の前でプライドを失うこと」(161) を恐れている。彼が自分の過去の不貞に気づいたペティグルーから脅迫されるままになっているのは、やはり、チャーミアンの感情を傷つけることを恐れるからではなく、妻が自分よりもモラルの点で優位に立つことを恐れるからである。彼は女性のズロースの留め具を見ることを密かな趣味とし、それを他人に見られたくない趣味であると自覚している。このことも、品位の点で彼がチャーミアンに引け目を感じる要因となっているにちがいない。彼にはまた、妻が自分よりも幸福であることも我慢できることではない。チャーミアンが老人ホームに入ることを彼が阻止しようとするのも、ペティグルーから毒殺される恐怖から逃れることのできるその場所では、必ずや妻が自宅にいる以上に幸福を感じてしまうからだ。もっとも、彼は「妻に不幸があればいいと思っているわけではない」。だが、「妻が元気になるといつもそれに比例して元気を失ってしまう」(158)。つまり、妻が自分より優位な立場に立つこととの嫉妬心が、自らを頼りとした主体的行動を起こそうとする気持ちを妨げてしまっている。このように、自分の気分や行動が、自発的な判断よりむしろ妻であるチャーミアンの状況次第で決まってしまうという意味では、ゴドフリーもまた、誰かに依存せざるをえないチャーミアンやディム・レティと共通した姿勢を備えていると言えよう。死を警告する電話がゴドフリーにかかってきた際に、直近の半年ほどで彼の「体が縮んだように見える」(121) と描写されているのも、主体的に生きるというよりむしろ他に依存して生きるがゆえ、死に対して堂々と対処できない彼の様子を比喩的に描いたものにちがいない。

自らを頼りとする姿勢を持つことができないのは、チャーミアンとゴドフリーの一人息子であるエリックも同様である。彼の場合、自分の行動の失敗はすべて他人に責任があると考える気持ちが、主体的な判断をする行為を阻んでいると言える。エリックは彼を気晴らしに連れ出したレティの金を盗み出し、美術学校に入学すると絵具のチューブを六本盗んで退学になるなどの不品行を重ね続ける。彼の不品行をはじめは自分たちのせいにしていた親族たちも、彼が二九歳を過ぎればその態度を改め今度は一転して彼の行為を痛烈に批判し始める。前言を取り消した彼らに愕然とした彼は、両親のチャーミアンとゴドフリー、叔母のレティに加えて、親族たちをも恨むようになる。小説を書いた彼は、母親のチャーミアンの名声のおかげでそれを出版することができるが、母親を非難しようとする彼の姿勢に変化は見られない。彼としては、自分に対する好意は当然受けるべきものである。だが、自分の行動が失敗した場合、その失敗の原因はすべて他人のせいなのである。こうして、自分の行動に対する責任を徹底して回避しようとする彼は、作品中では死を警告する電話を受けることがない。しかし、それは他の登場人物に比してまだ年齢的に若く、彼自身が身近に死を意識する必要性に迫られていないからであり、自らの自信にもとづく主体的な気持ちを持つことを避ける彼が、やがて死を警告する電話を受けうろたえてしまうことは想像に難くない。

社会学者の気質を備えたアレック・ウォーナーは、年老いた人々の体の反応に関する記録を正確に記録することで、死という概念を客観的な数字にもとづいてとらえようとしている。彼にとっては、人間が死んだ際もそれが客観的に見てよいもの、安らかなものであったかどうかということが関心事である。モード・ロング病棟のグラニー・グリーンが動脈硬化症で亡くなったとジーン・テイラーから聞いた彼は、彼女に向かって、「いい死にかたをしたのかしなかったのか、私はいつも知りたいんだ。よく気をつけて見ていてほしいな」(171) と言う。これを聞いたテイラーは、彼に嫌悪を感じて「いい死にかたって、態度に威厳があるなしでは決まらないわ。魂の持ちかたよ」と応じる。この彼女の発言は、死とはそれが訪れた際に客観的に見て威厳を感じるものであったかどうかではなく、その本人がどのようにそれをとらえるか、つまりその本人が死をどう受け止めているかによることを示唆していると言える。極端な話、周囲から見て威厳を感じないみすぼらしい死であったとしても、本人がそれでよいと思えば「いい死にかた」であると彼女は示唆しているのである。結局アレックが集めた膨大なデータは火事で消失し彼は無力感にさいなまれるが、この出来事は、人間の感情を考慮しないまま客観的な数字にのみ判断の根拠を依存しようとしてきた彼の方法の限界を示しているであろう。すなわち、客観的なデータをもとに死が人間に想起させる感情を考え合わせるといった、データを自らの考えを主体として利用する姿勢を取らなかった彼の方法の限界を示していると言える。実際、客観的なデータの収集に没頭している最中、彼のもとに死を警告する電話がかかってきている。この事実は、死の概念を理解しそれに対処するにあたっては、データにのみ依存して自らの考えを主体としない彼の姿勢が不十分であることを暗示していると言える。

3　『死を忘れるな』に描かれる逆説的な主張

これまで見たように、死を警告する電話を恐れる多くの人々は、自らの意思にもとづき自らを頼りにした行動が取ることができなかった。つまり自信にもとづく主体的な姿勢を抱くことができずにいた。その原因は、彼ら自身が、恐怖心、他人への依存心や罪の意識、嫉妬心、客観的に見えるデータのみに依存しようとする気持ちや、他人に責任転嫁しようとする気持ちを抱いたことにあったと言える。だがこの中で、ペティグルーは例外である。彼女の行動は、チャーミアンが羨望を感じたほどに、あくまで他人に頼ろうとしない独自の信念と判断にもとづいていた。もちろん彼女は、厚かましい性格や、ナルシストとも言うべき、自己中心的な性格を備えていることはたしかであろう。ピーター・ケンプは、「『死を忘れるな』においては、死という明白な事実を拒否する度合いはまさに道徳的な堕落の度合いと比例しており、このため、人にゆすりを働きかける、最も悪い性質を持つペティグルーが断固として死を拒否するのは当然である」(Kemp 41) と述べた上で、「作品中では、死を受け入れようとするジーン・テイラーとヘンリー・モーティマーの生き方こそが是認されるべき姿勢である」(Kemp 42) との見解を示している。しかし、テイラーやモーティマーと同様に、ペティグルーが幸福な老後を過ごす姿が結末部分において描かれていることを軽視してはならないのではないか。加えて、チャーミアンのように、カトリックの信仰を持ち、穏やかで優しい性格を備えながらも他人に依存しなければ不安を払拭できない人物が、死を警告する電話に恐れを感じてしまう事実を忘れてはならないのではないか。こうしたことを考慮した場合、この物語では死の警告を拒否すること自体が悪いというのではなく、むしろ問題は、死の警告への拒否が自らを頼りとした主体的な気持ちにもとづくものかどうかにあるのだと言える。そして、この主体的な気持ちを抱いている人物が道徳性を保持しているか否かは、あまり重要なことではないように思われる。

ペティグルーの風貌や行動の描写は、死の警告を毅然と無視しようとする彼女の姿勢が積極的に評価されるべきであるとの主張を裏づけていると考えられる。直近の半年ほどで急速に老化が進んだゴドフリーとは対照的に、彼女は、「以前より健康そうで、あまり老けたように見えない」(She herself was looking healthier and not much older.) (121) 様子である。また、「死を忘れるな」(121) との電話を受けたゴドフリーに応対する際の彼女は、「若々しく黒いドレスを着こなし、真黒な髪に額の生えぎわから白いすじのはいった新しい髪の房がまじっている」(spritely in her black dress and the new white-streaked lock of hair among the very black, sweeping from her brow.) と描かれ、ここでも年齢の割には若々しさを保っている様子が強調されている。とりわけ、若々しいことを表す描写が、ヘンリー・モーティマーの若々しく活発な様子を示すために用いられたと同じ 'spritely' という表現が用いられていることは注目すべきであろう。さらに、彼女のピンクに染めた爪と大きな指輪を二つはめた指は、長い皺だらけの手に「豊かな古代の王者の風格」(an appearance of opulent ancient majesty) (122) を与えていたと描かれ、堂々として高貴な人物であることを示す形容がなされている。

ペティグルーは死を伝える電話を自らの意志で無視することを選択し、その怪電話を二度と受けることはない。それに対し、チャーミアンのもとで家政婦として働いていたミセス・アンソニーは、自らの意志によらずとも怪電話自体には無縁である。

いま未亡人になったミセス・アンソニーはチャーミアンの遺産をもらい、海辺の町に行って、結婚した息子のそばで暮らしている。老人たちへの怪電話事件が起こったことを聞いたりする

たびに彼女ははっきりと言う。自分の経験にてらして耳が遠いのはつくづく幸福だと思う、と。(225)

家政婦の仕事を引退した後、精神的にも経済的にも快適な生活を送るミセス・アンソニーは、死を警告する怪電話については噂で聞くだけである。実際のところ、仮に彼女のもとに怪電話がかかってきたとしても、耳が遠くなっている彼女は精神的に影響を受けることはないであろう。この事例は、耳の遠い人物が電話の内容に影響を受けないのは、その人物がモラルのある生活を送っているかどうかは無関係であることを示している点で興味深い。結局彼女の場合は、自らを頼りとする毅然とした姿勢を持つ必要もなく、死を伝える電話を無視すべきであるという、ジーン・テイラーが提案した次善の策を実践していると言うことができる。彼女が耳の遠い自分をとても幸福だと思うのは、耳が遠いことで死を伝える電話の声に煩わされなくてすむ方が、自分にとって幸福な生活を送ることができると感じているからであろう。しかもそれを意志の行使という努力なしに実現できる自分自身が、幸運であり幸福であると経験上感じているからにちがいない。

むろん、テイラーやモーティマーが平穏で幸福な人生を過ごした例が示す通り、死を直視しようとする姿勢を抱くことは、残された人生を充実したものにしようとする結果を導くものだと言えよう。しかし、死という考えに関わりを持つことがなかったペティグルーやアンソニーが悠々自適の快適な老後を過ごしたことは、テイラーが提案した次善の策もまた有効であることを示唆している。

　こうしてみると、『死を忘れるな』には、死を忘れてはならないという主張と、死を忘れるべきであるという二重の主張がなされていることがわかる。この意味で、『死を忘れるな』という表題に示される主張が一貫してなされているかに見えるこの作品は、実は途方もない逆接的な主張が一貫してなされていると言える。そして逆説の一方を支える死を忘れるべきであるとの主張は、ペティグルーという、作品中で最も俗悪な性質を備えているように見えながらも、自らを頼りとした主体的な行動姿勢を堅持し続ける人物と、たえず何かに依存しようとする姿勢を抱く登場人物との対比的な描写が繰り返されることにより強調されていると言えるのである。

引用文献

大社淑子『ミュリエル・スパークを読む』水声社、二〇一三年。

Cheyette, Bryan. *Muriel Spark*. Tavistock, Devon, U.K.: Northcote House, in association with the British Council, 2000.

Kemp, Peter. *Muriel Spark*. London: Elek books, 1974.

Malkoff, Karl. *Muriel Spark*. New York & London: Columbia UP, 1968.

Richmond, Velma Bourgeois. *Muriel Spark*. New York: Frederick Ungar Publishing, 1984.
Spark, Muriel. *Curriculum Vitae; A Volume of Autobiography*. London: Penguin Books, 1992.
——. *Memento Mori*. London: Virago Press. 2010.
Walker, Dorothea. *Muriel Spark*. Boston: Twayne Publishers, 1988.
Whittaker, Ruth. *The Faith and Fiction of Muriel Spark*. New York: St. Martin's Press, 1982.

作家・作品紹介

作家紹介

エリナー・キャトン(Eleanor Catton, 1985–)

エリナー・キャトンはニュージーランドの作家。一九八五年カナダで生まれた。当時父親がカナダの西オンタリオ大学で博士論文を書いていたからである。六歳の時、ニュージーランドに戻り、南島のカンタベリに住む。イギリスの西ヨークシャ州の中等学校、ローンズウッド校に一年間在学。ニュージーランドに戻り、南島のバーンサイド・ハイスクールに学んだあと、カンタベリ大学で英文学を専攻した。その後、ウェリントンのヴィクトリア大学近代文学大学院創作学科で修士号を得た。修士制作は小説『リハーサル(*The Rehearsal*)』である。二〇〇八年に刊行された。アダム賞(創作部門)や、その他の賞を授与された。二作目の小説が『綺羅星』である。マン・ブッカー賞(二〇一三度)を授与された。『綺羅星』は八百頁以上あり、四十年以上の歴史を持つマン・ブッカー賞の受賞作のうちで一番長い作品である。キャトンは歴代の受賞者のうち最年少でマン・ブッカー賞を受賞した。アイオワ州立大学芸術修士課程でも教えている。

第一作『リハーサル』は女子高校での教師と生徒のスキャンダルを中心に生徒たちの姿をリアルに描いた作品である。女子高校生の性への関心や性教育が描かれる。コンドームの使い方も教えられる。スキャンダルを起こした女生徒の妹と隣接する俳優学校の男子生徒が交際する。俳優学校の生徒たちはこのスキャンダルをドラマ化する。その「リハーサル」の様子が描かれる。上演の当日、スキャンダルを起こした女生徒の一家は何も知らずに芝居を見て驚き、怒る。この作品にも事件が起こっている「月」、「曜日」が示されていて、その点では『綺羅星』の構成と一脈相通ずるところがある。（倉持三郎）

リチャード・フラナガン（Richard Miller Flanagan, 1961–）

オーストラリアのタスマニア生まれ。タスマニア大学卒。オックスフォード大学（ウスター・コレッジ）修士課程で歴史専攻。現代オーストラリアを代表する作家のひとりと目されている。

ジャーナリズムや映画関係の仕事もし、また森林保護運動やアボリジニー問題などにも力を入れているようであるが、主たる仕事としての長編小説は六編出している。『河川案内人の死』（一九九四）、『片手拍手の音』（一九九七）、『グールド魚類画帖――十二の魚をめぐる小説』（二〇〇一）、『隠されたテロリスト』（二〇〇六）、『欠乏』（二〇〇八）と『おくのほそ道』（二〇一三）である。そのうち『グールド魚類画帖』で二〇〇二年英連邦作家賞、『おくのほそ道』で二〇一四年マン・ブッカー賞を得ている。

素材はやはりタスマニアやオーストラリアを基にしたものが多く、英国の特異な囚人流刑地として始まった故郷タスマニアの歴史への関心やその自然・風物への愛の深さがうかがわれる。人物や語り手の設定は多彩。中でも、溺れかけている河川ツアーのガイドが今までの自己の生や父祖の閲歴のヴィジョンを持つという『河川案内人の死』や、一九世紀前半の囚人画家の残した手記をその発見者が記憶を基に書き直すという『グールド魚類画帖』の設定は特異である。一九世紀のタスマニア総督サー・ジョン・フランクリン（のちに北極航路探検で行方不明になる）と作家ディケンズの交渉を扱った『欠乏』や芭蕉・一茶などの日本文学を援用した『おくのほそ道』もそれぞれに特色がある。素材によって語り手にふさわしい文体を採用し、フラッシュバックを多く使うなど、手法も自由自在である。（田中英史）

ルース・オゼキ（Ruth Ozeki, 1956–）

ルース・オゼキは、日本人の母と白人のアメリカ人の父を持つ日系二世でニューヘイブンに生まれ育った。スミスコレッジで英文学とアジア研究を修めたあと、奨学金を得て日本古典文学研究のために奈良女子大学に留学、その後京都で水商売のアルバイトなどを経験、京都産業大学で教鞭にも立つ。帰国後ニューヨークで映像関係の仕事につき、ホラー映画の監督を務めたあとテレビの仕事では日本の番組のためのルポルタージュを制作する。本格的な映像作品 *Body of Correspondence* (1994) や *Halving the Bones* (1995) では高い評価を得ている。その後小説家に転じるが、こうした経歴はその作品に色濃く表れている。第一作『肉料理の年間献立』*My Year of Meats* (1998) は、飼料にホルモンを加えることで発生した人的被害を扱っている社会問題小説。主人公はアメリカの地方の肉料理番組を制作するディレクター、その取材制作過程でホルモン中毒の食肉業者の娘に出会うという日系アメリカ人女性と、もう一人は食品輸入業者の夫を持つ日本人の女性で、その番組のレシピで試食するのであるが、夫と別れて渡米するといった話。清少納言『枕草子』が各章のエピグラフとして使用されている。『生き物すべてにわたって』*All over Creation* (2003)

は遺伝子組み換え作物を批判して、自然のままの種の確保に努める活動を描いている。主人公は、進駐軍の米兵と日本人女性の間に生まれた日系二世の女性で、一六歳のときに妊娠、家出、現在は大学の教鞭をとっているが、父の病気の知らせをうけて帰郷、そのまま遺伝子組み換えに反対する運動に加わっていくという話。第三作目『ある時の物語』*For the Time Being* (2013) はマン・ブッカー賞のショートリスト作品で、東日本大震災に取材し、日本の抱えた問題と禅の意味を探求したもの。実際、オゼキは長年禅と関係を持ち二〇一〇年には指導者の資格を得ており、ブルックリン・ゼン・センターとエブリデイ・ゼン・ファウンデーションに関係している。現在ブリティッシュ・コロンビアとニューヨーク市在住。（大熊昭信）

モハメド・ショークリ (Mohamed Choukri, 1935–2003)

ショークリは、一九三五年七月一五日にモロッコのリーフ地方で生まれ、二〇〇三年一一月一五日に同国の首都ラバトで亡くなった。

極貧の一家に育ったショークリは、教育を受けることができず、読み書き能力の欠如した少年時代を過ごした。ショークリが七歳のときに、彼の一家はタンジールに引っ越した。その後、さらに一家はテトアーンに引っ越したが、ショークリは一一歳のときに、父親の威嚇と暴力を恐れそれに反発して、アルジェリアのオランへ一人で逃亡し、フランス人のもとで数カ月働いた。

二〇歳で文語アラビア語の教育を受け、二四歳で小学校の教員となったショークリは、一九七三年（三八歳）まで教員を続けた。その間、一九六〇年代に文語アラビア語で『パンのためだけに』の執筆を始め、タンジールにやって来たヒッピーに感化されたショークリであったが、一九七二年にポール・ボウルズに出会い、翌一九七三年、ボウルズによる英訳版『パンのためだけに』が出版された。

ボウルズの英訳のおかげで、ショークリは西洋において文学的地位を確立したといえよう。彼は同時に、二〇世紀モロッコ文学を代表する作家でもある。彼に会うために多くの作家がモロッコを訪れたが、彼の『タンジールのジャン・ジュネ』(*Jean Genet in Tangier*, 1974) や『タンジールのテネシー・ウィリアムズ』(*Tennessee Williams in Tangier*, 1979) 等の英訳版から、それをうかがい知ることができる。なかでも、テネシー・ウィリアムズは、『パンのためだけに』を「強い衝撃を与える、人間の絶望感を忠実に描くドキュメント」と述べている。

さらには、仏訳版『誤りの時間』(*Les Temps des erreurs*, 1994) や、第二の自伝として知られる、英訳版『世慣れした』(*Streetwise*, 2000) 等が出版されている。ショークリのこれらの作品からは、モロッコ社会の生々しい〈現実〉を読みとることができる。（外山健二）

キャリル・フィリップス (Caryl Phillips, 1958–)

一九五八年カリブ海諸島のセント・キッツ島の生まれ。生後四ヵ月で両親とともにイギリスへ渡り、北部リーズに移り住む。白人労働者の居住地区で成長し、ほとんど中産階級の白人の子どもたちばかりの学校に通う。歴史が得意教科だったため、オックスフォード大学クィーンズ・カレッジに進学する。最終学年にアメリカを訪問。ここでの滞在が、ブラック・ブリテッシュ作家キャリル・フィリップス誕生の契機となったといわれている。

一九八〇年、処女戯曲『奇妙な果実』(*Strange Fruit*)が北部の都市で上演される。一九七〇年代のイギリスの工業都市におけるカリブ系移民の母子関係の葛藤をテーマとしている。八二年には第二作『暗闇のあるところ』(*Where There is Darkness*)が、翌八三年には第三作『シェルター』(*The Shelter*)がロンドンで上演された。前者ではカリブ系男性と移民二世の息子との関係が、後者では白人女性と黒人男性との関係が描かれる。

一九八五年に処女小説『最終航路』(*The Final Passage*)を発表。マルカムX賞受賞作である。八六年に出された小説第二作『独立の状態』(*A State of Independence*)は、政治独立後のセント・キッツ島へ帰還する男の物語である。八七年の随想集『ヨーロッパ部族』の出版を経て、一九八九年に三つの中編小説からなる『より高い土地』が出版。それぞれ、「奴隷制」、「現代アメリカ青年の生きざま」、「ヨーロッパのユダヤ人」がテーマである。「奴隷制」のテーマは「アフリカ人ディアスポラの物語」として『ケンブリッジ』(*Cambridge*, 1991)や『クロッシング・ザ・リヴァー』(*Crossing the River*, 1993)へ、「現代アメリカ青年の生きざま」は「ブラック・ナショナリズム」の問題として『血の性質』(*The Nature of Blood*, 1997)や『闇に舞う』(*Dancing in the Dark*, 2005)へと受け継がれていく。

ノンフィクションとしては、一九九七年の黒人による書き物を編纂した『突出したよそ者たち』(*Extravagant Strangers*)、九九年のテニスに関する随筆集『ライト・セット』(*The Right Set*)、二〇〇〇年の『アトランティック・サウンド』(*The Atlantic Sound*)、二〇〇一年の『新しい世界のかたち』(*A New World Order: Selected Essays*)、二〇〇七年には『外国人』(*Foreigners*)、二〇一一年には『ぼくをイングランドの色にして』(*Colour Me English*)が出ている。

最近の小説には、二〇〇三年の『はるかなる岸辺』(*A Distant Shore*)、二〇〇九年の『舞い散る雪のなかで』(*In the Falling Snow*)、二〇一五年の『ロスト・チャイルド』が挙げられる。(小林英里)

ジュリアン・バーンズ(Julian Barnes, 1946–)

ジュリアン・バーンズは一九四六年一月十九日イギリス、レスターで生まれ、オックスフォード大学モードリン・カレッジの現代語学科を卒業する。卒業後、オックスフォード英語辞典補遺版の編集者として三年間働き、その後、文芸評論家として活動する。イギリス国内のみならずフランスをはじめとする欧米の数々の文学賞に輝く。『太陽を見つめて』(一九八六)では二十一世紀の情報化社会を予見している。ブッカー賞は一九八四年『フロベールの鸚鵡』、一九九八年『イングランド、イングランド』(邦訳 東京創元社)、二〇〇五年『アーサーとジョージ』で候補になったが、二〇一一年に『終わりの感覚』(邦訳 新潮社)で受賞した。『フロベールの鸚鵡』(邦訳 白水社)と、『10 ½章で書かれた世界の歴史』(邦訳 白水社)はいずれも二〇〇九年ガーディアン紙が選ぶ「死ぬまでに読むべき必読小説一〇〇〇冊」リストに選定された。彼の兄は古代ギリシャ哲学者のジョナサン・バーンズである。家族について描いた自叙伝

『恐れるものはあらず』（二〇〇八年）のタイトルは彼の無神論者の立場を表明している。二〇一一年ディヴィッド・コーエン文学賞、二〇一三年にサンデー・タイムズ文学優秀賞を受賞した。同年、短編小説集『パルス』が刊行され、ヨーロッパ七ヶ国語に翻訳された。二〇一二年の『窓越しに』は彼が影響を受けた英仏米の作家たちを縦横に論じたエッセイ集である。彼の芸術への関心は文学にとどまらず二〇一五年に出版された『眼を開けたままで』にはフランス絵画論が収録されている。二〇〇四年に芸術文化勲章のコマンドゥールに叙されたように特にフランスでの評価が高く、アルフォンス・ドーデの翻訳でも知られ、フランスのプリ・メディシスとプリ・フェミナの唯一人のダブル受賞者である。二〇一七年にはレジオンドヌール勲章のオフィシエを授与された。最新作はソ連のスターリン体制に翻弄された作曲家ショスタコヴィッチの半生を描いた『ノイズ・オブ・タイム』である。（田中慶子）

A・N・ウイルソン(Andrew Norman Wilson, 1950–)

イングランドのスタッフォードシャー生まれ。イギリス社会に対する風刺をテーマとした小説の著者として、『デイリー・メイル』紙などのコラムニスト、あるいは伝記作家として知られている。彼はまたイーヴリン・ウォーの『ブライズヘッド再び』に影響を受けた〈ブライズヘッド・ルック〉に身を包んだいわゆる〈ヤング・フォギイ〉の一人としても知られている。

オックスフォード大学ニュー・コレッジで修士号を取得し、オックスフォード大学セント・ヒューズ・

コレッジやニュー・コレッジで講師を務めたあと、聖職者を志し、オックスフォード大学の六つある英国国教会の神学コレッジのひとつであるセント・スチーブンズ・ハウスに入るが一年の終わりで退学してしまった。その後作家となった。代表作には、快楽主義者の年老いた男性と博物学に夢中で内気なケンブリッジ大学卒の若い女性の関係を描いた第一作の『ピムリコのお菓子』(*The Sweets of Pimlico*)（一九七七）、英国国教会を風刺したコメディの『油断』(*Unguarded Hours*)（一九七八）、サマーセット・モーム賞受賞の出世作『ヒーリング・アート』(*The Healing Art*)（一九八〇）、W・H・スミス賞を受賞した『賢い乙女』(*Wise Virgin*)（一九八二）、英国国教会の牧師と若い〈新世代〉の女性の恋を描き、信仰と世俗的な欲との間の葛藤という主題に回帰した『ソローズの牧師』(*The Vicar of Sorrows*)（一九九三）などがあり、伝記作家としては、ウィットブレッド賞受賞の『トルストイ』(*Tolstoy: A Biography*)（一九八八）や『ヒトラー』(*Hitler: a short biography*)（二〇一二）などがある。（薄井良治）

ジュディス・キッチン (Judith Kitchen, 1941–2014)

ニューヨーク州生まれ。ウォーレン・ウィルソン大学大学院美学修士課程修了。詩人・批評家・エッセイスト・小説家。キッチンの主要な作品としては、詩集『ペレニアルズ』(*Perennials*, 1985)、エッセイ集『踊りだけ——時間と記憶のエッセイ』(*Only the Dance: Essays on Time and Memory*, 1994)、『距離と方位』(*Distance and Direction*, 2002)、『半日陰——家族、写真、運命』(*Half in Shade: Family, Photographs, and

Fate, 2012)、『サーカスの列車』(*The Circus Train*, 2013)、あるいは研究書『世界を書く――ウィリアム・スタッフォードの解釈』(*Writing the World: Understanding William Stafford*, 1998)、そして小説『エクルズ道路の家』(*The House on the Eccles Road*, 2002) などがある。数々の文学賞も受賞している。

その一方、キッチンは二十五年以上にわたり、『ジョージア・レヴュー』に詩についての評論を寄稿した。その五十編におよぶ論考のうち、十八編が二〇一五年にジョージア大学出版局から『存続するもの』(*What Persists*) と題されて刊行された。その評論はベルリンの壁の崩壊から、アメリカの貿易センタービルの惨劇、さらに今日の政治にいたる文化的風土の変貌に支えられている。彼女は夫とステイト・ストリート出版を設立し、新しい詩人の作品を数多く刊行したことでも知られている。またニューヨーク州立大学ブロックポート校で創作や文学を教え、同時に各種文学賞の審査委員も兼務した。

キッチンの関心は人々の意識を構築している様態にあり、現在の意識を紡ぐ過去の記憶との接続に重きをおいている。記憶とは過去の単なる回想ではなく、現在と交信しながら、人生の意味を探る糸口である。彼女が自らを女サミュエル・ベケットと宣言するとき、その念頭にあったのは、幼少期のトラウマ的な記憶を綴ったベケットの『伴侶』(*Company*, 1980) であっただろう。キッチンの記憶は厭世的ではないが、過去と現在との繋がりへの関心においてベケットと異なるものではない。『エクルズ道路の家』もそうした関心を意識した小説である。（結城英雄）

カズオ・イシグロ (Kazuo Ishiguro, 1954–)

カズオ・イシグロは一九五四年長崎生まれの日系イギリス人作家である。五歳のとき海洋学者だった父親の仕事の関係で、一家でイギリスのサリー州ギルドフォードに移り住む。地元のグラマースクールを卒業後、ミュージシャンを目指した時期もあったが、七四年からケント大学で英文学と哲学を学び、優等の成績で卒業した。その後スコットランドのレンフルーやロンドンのノッティング・ヒルで、社会福祉関係の仕事に就く。一九七九年にイースト・アングリア大学の創作科の修士課程でアンジェラ・カーター（一九四〇—九二）やマルカム・ブラッドベリ（一九三二—二〇〇〇）に師事し、八〇年に短編小説「奇妙なときおりの悲しみ ('A Strange and Sometimes Sadness')」を発表、本格的な執筆活動に入る。

最初の長編二作で日本のテーマを扱い、『遠い山なみの光』（一九八二）で王立文学協会のウィニフレッド・ホルトビー賞を、『浮世の画家』（一九八六）でウィットブレッド賞を受賞する。その後舞台は日本から離れるが、一九八九年にイギリスの伝統的な貴族の屋敷に仕える執事を取り上げた『日の名残り』でブッカー賞を受賞し、文壇において注目される存在となる。この作品は九三年に映画化され、アカデミー賞八部門にノミネートされた。その後も、作者自身がブラック・コメディーと呼んだ、カフカ的作風の『充たされざる者』（一九九五）でチェルトナム賞を受賞し、同年、文学に尽くした功績に対し大英帝国勲位に叙せられた。また次作、上海租界を舞台に孤児だった男が自らの記憶を追求する『わたしたちが孤児だったころ』（二〇〇〇）でも、二〇〇一年度のウィットブレッド賞を獲得している。さらに、臓器移植のために作られたクローン人間を題材にした『わたしを離さないで』（二〇〇五）は、二〇〇六年度のアーサー・

C・クラーク賞を受けるなど世界的にも高い評価を得、映画化され話題となった。二〇〇九年に「老歌手」や「降っても晴れても」などを収録した短編集『夜想曲集』を、また二〇一五年には、本書で取り上げた『忘れられた巨人』を上梓している。イギリスにおいて今後の活躍が最も期待される作家の一人である。

私生活においては、一九八二年にイギリス国籍を取得し、八六年にローナ・アン・マクドゥーガルと結婚、ロンドンに在住している。（奥山礼子）

ミュリエル・スパーク(Muriel Spark, 1917–2006)

ミュリエル・スパークは、ユダヤ人の父とイングランド出身の母との間にエディンバラで生まれた。彼女が五歳の時、ジェームズ・ギレスピー女学校に入学し、一七歳までそこで教育を受ける。彼女自身は、そこで一二年間過ごしたことが、将来の作家にとって、多くの点で、非常に幸運なことであった述べている。一九歳の時、ダンスで知り合った一三歳年上のシドニー・オズワルド・スパークと婚約し、アフリカの南ローデシア（現ジンバブエ）に渡り、結婚する。彼女がシドニーと結婚を決意したのは、アフリカに行けば家事をせずに執筆に打ち込むことができるとの誘いに引かれたからであったが、まもなく、シドニーに精神障害があることがわかり、息子のロビンを出産した頃には結婚生活は破綻状態となる。離婚の後彼女は、ロビンを修道院付属学校に預け、文学とドラマの勉学との口実でケープタウンに行き、英国に向かう軍用船に乗り一九四四年三月帰国を果たす。

帰国後、職探しのため職業安定所に行った際、彼女がたまたま図書館から借りたアイヴィ・コンプトン・バーネットの本を持っていたことから、就職斡旋係の女性と文学論議で意気投合し、その女性の斡旋により外務省の政治情報部で対ドイツ情報操作の仕事に従事することになる。戦後は季刊誌『アージェンター』、隔月刊誌『ポエトリー・レビュー』の編集に携わった後、東欧系移民のための雑誌『ヨーロピアン・アフェアーズ』の編集に携わるかたわら、一九五〇年デレク・スタンフォードとともにワーズワース評論を手がけ、翌年には単独でメアリ・シェリーの評論『チャイルド・オブ・ライト』を出版した。一九五二年、初の詩集 ***The Fanfarlo and Other Verse*** を出版。またこの時期にエミリー・ブロンテ詩集、ブロンテ書簡集、ジョン・メイスフィールド評論など数多くの評論を手がける。

一九五一年『オブザーヴァー』紙主催の短編小説コンテストで「熾天使とザンベジ川」が一位となったのを機に、創作活動を開始する。一九五三年、アングロ・カトリックへ、翌一九五四年ローマ・カトリックに改宗した。しかし、この頃から空腹を抑えるために服用していた薬デクセドリンが原因で幻覚に悩まされるようになる。この経験は、一九五七年に出版された最初の長編小説『慰める人々』に描かれている。ちょうど同じ年に出版されたイーヴリン・ウォーの小説『ギルバート・ピンフォールドの試練』でも、同じような幻覚を扱っているが、彼女と同じく幻覚に悩まされていた彼は、『慰める人々』を読んで衝撃を受け、「スパーク女史の作品は私よりもずっと見事にテーマを描いている」との賛辞を送っている。スパークは以後、『死を忘れるな』、『ミス・ブロウディの青春』、『マンデルバウム・ゲート』など数多くの作品を発表した。一九九二年にT・S・エリオット賞を、一九九七年に英国文学賞を受賞。一九九三年には、大英帝国勲章を受勲している。二〇〇六年、四月一三日、フィレンツェで逝去。（加藤良浩）

作品紹介

エリナー・キャトン『綺羅星』(*The Luminaries*, 2013)

題名の『綺羅星』はふつうは優れた人たちを指すのに使われるが、ここではこの作品の登場人物に使われている。死ぬと昇天して空の星になるという文が本文にある。

この小説はニュージーランドの南島を舞台とした一八六〇年代のゴールドラッシュ時代の話で、金をめぐる物欲と、さらに愛欲が描かれる。

視点人物はウオルター・ムーディというケンブリッジ大学出の法廷弁護士である。ムーディは、冒頭では、ホテルに集まった一二人の話の聞き手となる一方、最後には裁判で弁護人の働きもする。

登場人物たちの中心はエムリー・ステーンズという青年と、アナ・ウェザレルという若い女性であり、この二人の恋愛が主筋になっている。二人はゴールドラッシュのことを聞いてオーストラリアからニュージーランドに来る途中の船上で知り合った。ステーンズは間もなく四千ポンド相当の金を掘り当てた。そしてアナにその半額を贈与しようとする。他方、アナは売春婦に堕ちる。しかし最後はステーンズと一夜を共にし、更生を誓う。

船から降りたアナを自分の家に宿泊させたリディア・ウェルズは物欲、色欲にかけて、この作品では代表格である。クロズビーと結婚しているが、フランシス・カーヴァと愛人関係である。夫、クロズビーの金の延べ棒を盗み、その上、金鉱採掘の権利証と出生証明書を盗み、フランシス・カーヴァに与える。さらに、金輸出税を脱税するため、ドレスに金の延べ棒を縫い込んでオーストラリアに送ろうとする。

　カーヴァは商売のため商船を購入したいが犯罪歴があるためできない。そのため、愛人のリディアにクロズビーの出生証明書を盗ませて、偽名を作り、商船を購入する。さらにリディアと結婚するためにクロズビーにアヘンチンキを飲ませる。それが原因となり、クロズビーは急死する。カーヴァは、偽名で商船を購入したかどで告発され有罪の判決を受ける。刑務所に収監するため護送馬車の囚人室内に手錠をつけたまま、つながれるが、途中で室内に闖入した何者かによって撲殺される。その犯人は特定されないまま作品は終わる。（倉持三郎）

リチャード・フラナガン『おくのほそ道』(*The Narrow Road to the Deep North*, 2013)

　太平洋戦争末期に日本軍の捕虜となった、タスマニア出身のオーストラリア軍軍医大佐ドリゴ・エヴァンズが主人公。一千人の部下とともに泰緬鉄道（タイ―ビルマ間）建設の強制労働に従事させられ、言語に絶する苦難を経験する。捕虜収容所での日々は肉体的苦痛の極限であり、主人公らは、生なるものの根本に存在する不条理について思いをめぐらさざるを得なくなる。

　主人公は帰国後エラと結婚して三人の子供をもうけ、国民的英雄としての名声を得るが、戦争体験の影響もあってその結婚生活になじみきれない。一方、出征前に出会って熱烈に愛し合うようになるエイミ

（叔父の若い妻）とは、皮肉な成り行きに翻弄されて、結局最終的には結ばれないままになる。フラッシュバックの手法が多用されているが、作品は全体として主人公の最期まで追うので、ドリゴという人物の一代記の様相も呈する。

戦争をめぐっての生の不条理の考察は、捕虜収容所関係の日本側主要登場人物三人――収容所長のテンジ・ナカムラ少佐、その上官のコタ大佐、「オオトカゲ」と渾名される朝鮮出身の捕虜監視員の兵――についても行われる。この三人の戦後の運命はそれぞれに多様であるが、上級将校であった前二者がまずまずすんなりと戦後日本の社会に溶け込んでいくのに対し、軍の末端に位置する「オオトカゲ」が戦犯として現地で処刑されるという運命の対照は痛烈な皮肉の効果をかもし出す。

作品の随所で芭蕉、一茶、テニスンの「ユリシーズ」といった文学作品の援用が目につく。それにドリゴにとっては一八世紀の俳人という之水の辞世の「句」が大きな意味を持つ。そもそも作品題名からも分かるように、人生を漂泊の旅と諦観する芭蕉の生きざまが強く意識されている。そして全五部から成るこの小説は、各部冒頭に芭蕉あるいは一茶の句がエピグラフとして置かれている。しかしそれらの上位に立つ作品全体のエピグラフとして、ナチスの強制労働にも駆り出されたユダヤ系詩人パウル・ツェランの「ママ、あの連中も詩を書くんだよ」が使われていることは、芭蕉・一茶流の「文学的」認識・諦観も人間の運命の悲惨に対しては結局は無力にとどまらざるを得ないという、いっそう根本的なメッセージを提供していると解せるかもしれない。（田中英史）

ルース・オゼキ『ある時の物語』(*A Tale for the Time Being*. 2013)

東日本大震災の引き起こした大津浪に運ばれてカナダのバンクーバー島に到達した漂着物のなかに手記があった。書き手は帰国子女のナオ、拾い手は島在住の日系作家ルース。小説は、そのナオの手記の章とその手記を読むルースの読後感とその日常生活の描写が交互に語られる仕組みになっている。時は、三人称で語られるルースの時代（二〇一一年三月一一日以後）と一人称で書かれているナオコの時代（二〇〇一年の一年間）の二つが併存。この日記を書いているナオの現在は、高校浪人ながら、メイド喫茶でバイトしている頃で一六歳少し前。場所はルースの場合はカナダのバンクーバー島で、ナオの場合は、執筆当時のナオ一家の住所（東京は総武線沿線の隅田川近隣、そのアパートの別室には夜の女たちが居住）。それに曾祖母ジコウ（慈光?は青鞜派の思想に共鳴した経験の持ち主）の住職をしている仙台。主な登場人物はといえば、ルースの世界では、ルースとオリヴァーの夫妻（それに死んだアルツハイマーの母親や父親）、その友人たち、ナオコの世界では、ナオの両親と曾祖母のジコウ、大伯父ハルキ（学徒出陣で特攻隊で戦死、その手記でハイデガーより道元を評価している）。物語は、ナオの父ハルキがシリコンバレーで失職したため、東京へ移住したナオコの家庭の窮状、父親の引き籠りの果ての（中央線での）自殺未遂が語られる。ナオはナオで帰国子女ということでイジメに会う。その中学でのイジメの果てにトイレで取られた写真をネットに投稿される羽目になる。さらにナオは銭湯で知り合った同じアパートのバベットによって秋葉のメイド喫茶を紹介され、結果として売春をする。二人ながら破綻をきたしたナオや父ハルキを仙台の禅寺（そこでナオは大伯父ハルキの亡霊に出会う）で立ち直らせるのが曾祖母ジコウの禅的な教訓と心身の鍛練という仕掛けになっている。そんなナオの手記を読むルースの方でも親の介護の苦労や、失職中の夫のエコ的な活動などが語られるが、最終的にはルースはナオや父ハルキの人生に引き込まれて、夢で二人の生活に介入しその運命を変えたり、禅的な世界観を体得し、それを夫の助けで量子力学的に解釈するようになる。物語は、父ハルキはナオのネット上に出回った写真を消去するソフトを開発してＩＴ産業に復帰することを予感させ、ナオにはカナダ留学の話があってハッピーエンディングとなる。（大熊昭信）

モハメド・ショークリ『パンのためだけに』(*For Bread Alone*, 1973)

モハメド・ショークリの自伝的小説である『パンのためだけに』では、文盲である主人公のモハメドが、北アフリカを舞台に、極貧にあえぎながら暴力的な世界で生き残りをかけ苦闘する姿が描かれる。

この物語はモハメドの幼少期から始まる。モロッコのリーフ地方出身の家族とともに、タンジールやテトアーン、そしてアルジェリアのオラン等へ転々と移り住んだ彼は、十代になると家族から離れ自立生活を始める。第一章から第六章までは、飢餓等を含む経済的困窮が動機となって一家が移動する姿が描かれる。

第六章までは家族や親類にまつわるエピソードが主に描かれている。特に、幼い頃のモハメドの視点から両親に焦点が当てられている。この小説の冒頭で父親に殺害されてしまう弟のアブドル・カーディルに象徴されるように、父親はとてつもなく残虐で、主人公はつねに父親に対して恐怖心を抱く状況に置かれている。主人公はなんとか成長できたが、彼の兄弟姉妹は飢餓等で次々と死んでしまう。

第六章の末尾から第七章の冒頭にかけては、この物語の新たな起点となっていることから重要な部分といえる。第七章以降は、モハメドの前に新たな現実が広がり、彼は外部世界との関係構築することを覚える。ここから彼の別の人生の局面が始まるともいえる。モハメドは一六歳で家族と別離し、タンジールに一人で戻ってきて、完全に独立した生活を送る。第八章で明らかになることだが、家族から離れた彼は大麻等の闇の世界も経験していく。

モロッコ社会でホモ・セクシュアルな関係を持つことで生計を立てたことなどから、自立生活での彼の経済的な苦境がうかがわれるが、それが最終的には読み書き能力の習得につながり、やがては〈解放〉の契機をもたらす。

『パンのためだけに』は、一九八二年にアラビア語版がレバノンで出版され、二〇〇〇年にはモロッコで出版された。ポール・ボウルズ (Paul Bowles) による英訳版やターハル・ベン・ジェルーン (Tahar Ben Jelloun) による仏訳版等、三〇以上の言語で翻訳出版されたことで、全世界で広く読まれたといわれている。

（外山健二）

キャリル・フィリップス『ロスト・チャイルド』(*The Lost Child*, 2015)

本小説は十章からなる小説で、三つの時代と三つの空間を往還し、「伝記」、「自伝」、「歴史小説」というジャンルの混在がみられる小説である。「伝記」としての要素は、第四章の定冠詞つきの The Family と題された章で明らかになる。ここでは英国ヴィクトリア朝時代のブロンテ姉妹の家庭のようすが描かれていて、シャーロット・ブロンテが死の床にある妹エミリーを前にしてさまざまな想いをめぐらす場面に始まり、エミリー自身が「わたしはふたつの世界に生きている」（一一二）と自覚する場面で終わる。父親や長兄も登場し、ブロンテ一家という家族の物語が綴られ、ブロンテ一家の伝記を扱った部分だと解釈できる。

「自伝」の要素は、登場人物のベン・ジョンソンにまつわる部分に見てとることができる。彼は白人女性モニカ・ジョンソンとカリブ系移民のジュリアン・ウィルソンを親にもち、両親の離婚以降は母親と弟トミーともにイングランド北部のリーズに移り住む。やがて弟は母の恋人により誘拐され行方知れずとなり、母も精神を病み入院したのち死亡するなど、苦労の多い青年期をむかえる。作者を彷彿とさせるように、ベンはオックスフォード大学へ進学して歴史学を専攻する。彼が体験する両親の離婚や弟の失踪はフィリップスの創作であるが、小説の所々で見られる母への敬慕の念や弟とのやりとりには、自伝的要素を読みとることができる。

「歴史小説」としての要素は、本小説の中心的な登場人物であるモニカ・ジョンソンにまつわる物語のなかに見てとることができる。モニカの目をとおして一九五〇年代の学生街のようすや、六〇年代にイギリスが体験した植民地独立の時代の一場面、さらにはモニカの長男ベンを通して七〇年代のイギリスのポップス文化が、詳細に綴られていく。シングルマザーのモニカは貧しく寄る辺ない生活を強いられるため、モニカの家族を扱った本小説は、「偉人」を扱った「歴史小説」では決してないけれども、ともすれば歴史の影に隠れてしまうような「個人」が精一杯に生きていくようすを描いた「ひとつの歴史小説」と言えるだろう。日本人作家の遠藤周作をよく読んだというフィリップスだが (Benedicte Ledent, 6)、彼の代表作

『沈黙』におけるキチジローのように、歴史の勝者の正史には記述されない「弱者」の声をフィリップスは『ロスト・チャイルド』において描いている。(小林英里)

ジュリアン・バーンズ『アーサーとジョージ』(Arthur & George, 2005)

スタッフォードシャーの寒村の教区司祭エイダルジはゾロアスター教から改宗したインド人で、イギリス人女性と結婚し聖職禄を得た。息子ジョージは子ども時代から強度の近眼に加え、人種差別的な苦難を経験した。きまじめな努力家だったので事務弁護士になったが、切り裂きジャック事件の家畜版とされた謎の連続家畜傷害事件の犯人の嫌疑がかかり、有罪判決で七年間の懲役判決を受けた。説明もないまま三年の服役で釈放されたジョージは刑務所でシャーロック・ホームズを読んでいたので、アーサーに名誉と地位回復のための支援が欲しいと手紙で訴える。アーサーは当時、長患いの妻ルイーズ(トゥーイ)をなくし虚脱状態に陥っていたが、一目でジョージの冤罪を直感すると俄然、生気を取りもどし騎士道精神を発揮してシャーロック・ホームズばりの行動に乗り出す。アーサーは得意の推理で真犯人らしき人物は突き止めたものの、彼の失態でジョージの汚名を完全に晴らすことはできず補償金もとれなかった。だがジョージの復職は果たせた。またこの事件を機にイギリスでは刑事控訴院が設置された。アーサーはその年秘かに交際していたジーン・レッキーと挙式し、ジョージを披露宴に招待した。時代は移り、ジョージは仕事が軌道に乗り、独身のままロンドンで妹と平穏に暮らしていた。アーサーの死後、ある日ジョージは新聞でアーサーの記念降霊会がアルバートホールで開催されるのを知り、心霊主義に与したわけではなかったが、恩人を偲ぶために出席する。霊媒の女性が、アーサーのメッセージを伝え始めると、無我夢中で双眼鏡レンズを合わせようとするジョージに見知らぬ女性が声をかけた。「信じる者の眼にしか見えません」。ジョージはアーサーのあの確信に満ちたまなざしを思い浮かべ、自分のこれまでの人生の知見の狭さに気づく。会衆が立ち去った後、一人残ったジョージは再び眼鏡越しに双眼鏡をあてずにはいられなかった。

（田中慶子）

A・N・ウイルソン『わが名はレギオン』(*My Name Is Legion*, 2004)

アフリカのズィナリア生まれのレノックス・マークは、現地の人々のために尽くす元軍人の英国国教会修道士であるヴィヴィアン・チェルに魅せられ、倫理観や信仰に目覚める。しかし、高等教育を受けるためにアメリカ合衆国に行って倫理観を失ってしまう。その後帰英し、彼の曽祖父がズィナリアに開発した銅山からもたらされた富によってロンドンのタブロイド紙のデイリー・レギオン紙を買収し、社主になる。彼は、旧知の独裁者ビンディガ将軍によって現在支配されている銅山から資金を供与されている。そのため、ビンディガの人権侵害に関して反ビンディガ派を彼の新聞で攻撃するのだった。反ビンディガ派のひとりとなった現クリックルドン教区の牧師ヴィヴィアンを小児性犯罪者として葬り去ろうとする。

一六歳のピーター・ダボの母マーシーは心理カウンセラーからピーターは父親不明のために解離制同一

障害になっていることを告げられる。彼女は若い頃奔放な男性経験を持ったために、父親不明のピーターを出産するのだが、本当の父はヴィヴィアンではないかと思っている。しかし、信仰心篤くヴィヴィアンを尊敬している彼女の母リリーの手前、そのことを言い出せない。ピーターは何人かの人格が交代で現れるなか、悪事に手を染めるようになる。

マークはビンディガが国賓として英国を訪問することを画策する一方、ヴィヴィアンはそれを阻止しようとテロを計画する。マークはヴィヴィアンとピーターの性的関係の疑いをデイリー・レギオン紙に掲載する。その嫌疑を晴らそうとする元デイリー・レギオン紙の記者レイチェル・パール。ところが、それまでの悪事が露見してしまったピーターは彼女を人質に取って霊廟に立て篭もる。それを知ったヴィヴィアンは霊廟に向かいピーターを射殺するが、彼も霊廟を包囲していた警官隊らの銃弾に倒れる。一方、訪英したビンディガはホテルに仕掛けられた爆弾で爆死する。デイリー・レギオン紙にも爆弾は仕掛けられたが、爆弾が発見され信管がはずされたために爆発しなかった。しかし、マークはその三ヶ月後に心臓発作を起こして死んでしまう。（薄井良治）

ジュディス・キッチン『エクルズ道路の家』(*The House on Eccles Road*, 2002)

ジュディス・キッチンは、J・M・クッツェーの『エリザベス・コステロ』(*Elizabeth Costello*, 2004) に収められることになる論考、「リアリズムとは何か?」（一九九九）を読み感銘を覚えた。そしてコステロが書いたとされる『エクルズ通りの家』に関心を抱き、本作に着手した。コステロがジェイムズ・ジョイスの『ユリシーズ』のモリー解放に視点を向けたと言われるように、キッチンの物語も『ユリシーズ』を下敷きにして、モリーの女性としての心理を探り、女性のあるべき姿を綴っている。

キッチンの夫婦はやや高齢で、モリーは五一歳、夫のレオ・ブルームは六〇歳代の文学の教授。時は一九九九年六月十六日（水曜日）の一日。舞台はオハイオ州ダブリン。この日は二人の十三回目の結婚記念日であり、モリーは朝からどう祝うかを試案している。その一方、レオは本日が結婚記念日であることも忘れているらしく、早々と大学の夏季講習に出かけてしまう。モリーは留守電を入れるが、二人の調整はうまく進行しない。それぞれの意識には共通すると同時に異なる部分もある。物語はそうした二人の意識を紡ぎ、獄舎としての家からのモリーの自立を描いている。

ピーター・コステロの『レオポルド・ブルーム――伝記』（一九八一）やジェシカ・スターリングの『モリー・ブルームに何が起こったのか?』（二〇一四）など、『ユリシーズ』を手がかりにした改作はいくつかある。が、『エクルズ道路の家』は『ユリシーズ』の解釈の根本に関わる改作である。ジョイスのモリー・ブルームが奔放な女性であるとのこれまでの通説に対し、キッチンはモリーが「結婚の囚われ人」であるとの前提によって立つ。一九〇四年六月十六日に設定された『ユリシーズ』に対し、約百年後のアメリカに転生させ、モリーの解放を試みている。この百年の歴史の流れにおいて、女性を取り巻く状況も大きく変わった。キッチンの『エクルズ道路の家』はその流れに即した創作である。（結城英雄）

カズオ・イシグロ『忘れられた巨人』(*The Buried Giant*, 2015)

本作品は、共同体の記憶というテーマを取り上げた、カズオ・イシグロの第七作目の長編小説である。アーサー王が死んで間もない古代ブリテン島を舞台とし、雌竜、悪鬼、小妖精などのファンジー的な道具立てを用いながら、ブリトン人の老夫婦が息子に会うための旅に出るという枠組みで、物語が展開する。

アクセルとベアトリスは丘の斜面の「ウサギの巣穴」のような集落に六〇人ほどで暮らしていたが、人びとは皆過去の記憶を失っていた。二人は息子がいることをかすかに記憶に留めていたが、その顔も、なぜ離れて暮らしているのかも思い出せない。ある村で出会ったサクソン人の戦士ウィスタンと少年エドウィンとともに旅を続け、さらに道中、愛馬ホレスを連れたアーサー王の甥、年老いたガウェイン卿に会う。ウィスタンもガウェイン卿も雌竜クエリグを倒すために旅をしていると言う。一行はベアトリスを高名なジョナス神父に診せるためにある修道院に寄り、そこで忘却の原因が雌竜の息であることを知らされる。修道僧の罠にはめられ、二人はエドウィンとともに獣のいる地下通路に閉じ込められるが、ガウェイン卿に救出される。エドウィンは修道院で負傷したウィスタンの回復を待って、ともに雌竜の巣に向かう。

ガウェイン卿と別れたあと、二人は川で小妖精に襲われ、逃げた山道で出会ったある少女に、毒を飲ませたヤギを雌竜の餌場まで連れて行くことを頼まれる。道中で再会したガウェイン卿から、アクセルはアーサー王の騎士であったが、彼が結んだ平和協定が破られてサクソン人虐殺が行なわれたため、王のもとを去ったことが伝えられる。彼らはウィスタンらと合流するが、そこでガウェイン卿は、実は自分は雌竜の護衛役であり、アーサー王の命により、戦いを終わらせるために魔術師マーリンの大魔法を雌竜の息にのせ、人びとの記憶を失わせたことを告白する。これに対しウィスタンは、虐殺と魔術の上に築かれた平和が長続きするはずがなく、埋められた巨人が動き出すと述べる。彼はガウェイン卿を倒したのち、雌竜を退治する。

記憶が戻ったアクセルとベアトリスは、強い愛情で結ばれた男女をある特別な島に渡すという船頭の質問に答える。アクセルは妻が自分に不実であったこと、二人のいさかいを見て家を出た息子が疫病で死んだことなどを語る。彼らの話を聞いた船頭は、二人を一緒に舟に乗せるという最初の約束とは異なり、ベアトリスだけを先に島に渡すと言う。アクセルは彼女を舟に残すと、無言で岸へと歩き続ける。（奥山礼子）

ミュリエル・スパーク『死を忘れるな』(*Memento Mori*, 1959)

「死を忘れるな」と伝える電話がディム・レティをはじめとした多くの老人たちにかかってくる。レティに怪電話がかかるようになってから数週間後に、レティの兄であり作家チャーミアンの夫であるゴドフリーとかつて愛人関係にあったライザ・ブルックが亡くなる。ライザの家政婦として雇われていたメイブル・ペティグルーは、チャーミアンの健康状態の悪化に伴い、チャーミアンの家政婦兼世話係としてコルストン家に雇われることになる。ペティグルーはライザ・ブルックの家政婦であったときに、ライザが精神的に弱っていることにつけ込み、財産を自分に残すという旨の遺言状を作らせたほどの強欲な人物である。そのペティグルーは、ゴドフリーの昔の愛人関係や仕事上のスキャンダルを探し出し、遺産を彼女に遺すように書き換えなければ秘密をチャーミアンに暴露するとゴドフリーを脅迫する。ペティグルーの意地悪な仕打ちによって、皮肉にも次第に健康を回復させていったチャーミアンはペティグルーの脅迫に気づくが、彼女に毒殺されることを恐れて老人ホームに移ってしまう。そのとき、長らくチャーミアンの家政婦として働いていたジーン・テイラーは、ペティグルーが引き起こしている事情を察する。そして彼女は、チャーミアンの過去の不貞を知らせペティグルーの脅迫を無効にすることでゴドフリーを救う。その一方で、怪電話の恐怖に駆られたレティは強盗に襲われて死ぬ。怪電話の捜査にあたった元主任警部補のモーティマーはヨットの趣味に没頭している最中心臓麻痺を起こして七三歳で亡くなり、テイラーもしばらく生き長らえて平穏のうちに息を引き取る。ペティグルーはと言えば、ライザの死後彼女の財産を受け継いだ夫が亡くなるとライザの全財産を受け継ぎ、南ケンジントンのホテルで優雅に余生を暮らす。（加藤良浩）

あとがき

二十世紀英文学研究会編の第十回論文集『英文学と他者』が刊行されて三年が経過し、三年ごとに論文集を出版するというこれまでの慣例に従って、このたび第十一回論文集『二十一世紀の英語文学』の刊行の運びとなった。光陰矢の如しという諺どおり、あっという間の三年であった。この間、二カ月に一度、研究会を開催してきたわけであるから、すでに優に十冊を超える小説を扱ったことになり、それは論文集に十分足りるだけの数量であった。とはいえ、論文集のテーマに合わせた発表やそれに対する意見交換の時間を含めれば、必ずしもすべてが規則どおりに進行したわけでもなく、その間ある時には貴重な時間を割いて同じ方に数回、本論集で取り上げられていない作家について研究会で発表していただくこともあった。ともあれ、われわれとしては十分な議論を尽くしたうえで今回の論集のテーマを「二十一世紀の英語文学」とすることに同意した。それは、前号、前前号の投稿論文の傾向からして、英文学が今やイギリスという限定された一国の領域を超えて、より広いグローバルな空間で、書かれ、かつ読まれ、多かれ少なかれその性格も変わりつつあるというプロセスから予想されることでもあった。もちろん、研究会で発表しても本論文集には投稿されなかった会員もおられるが、その発表のいくつかは今回のテーマに重なるものもあり、次回の投稿が期待されるところである。

このたびも投稿者の献身的な努力のおかげで、編集作業が滞りなく行われ、編集委員のわれわれとしては、まさに溜飲が下がる思いである。査読委員として編集作業には加わったのは、大熊昭信、大島由紀夫、大平章の三名であり、論文はいつものように十分な査読を経て、加筆・修正後に受理された。論文の配列については、大熊昭信前会長のように全体の有機的な関連性を念頭に置きながら、用意周到に決められたわけではない。序論を書きながら、その流れに従って多少、無作為になされたというのが実情である。

序論については、各論文との歴史的な関係を考慮しながら、個と全体がうまくつながるように、さらに一般読者をも想定しながら、二十世紀の中期から後期にいたるまでの英米小説の流れに言及した。簡潔さを目指したが、部分的に偏るところもあり、決して満足のいくものではないことは事実である。専門家から見れば、いわば屋上屋を架すことになろうが、少なくともそれは、二十一世紀の英語文学の発展過程を理解するうえで何らかの指針になればという思いで書かれたものである。とはいえ、その多くは、これまですでに文学史家たちによってたびたび言及されてきたことであり、彼らの知的遺産に負うところが大きい。

周知のごとく、二〇〇一年九月十一日にニューヨークで起こったイスラム原理主義者の同時多発テロ以降、グローバリズムや多文化主義の淡い夢や理想が打ち砕かれ、世界は「文明の衝突」という表現に代表されるネガティブな状況に支配されている。ヨーロッパの大都市で頻発している最近のテロ事件によって、ますます人間相互の理解が難しくなり、人類は再び対立と不寛容の時代に逆戻りしつつあると言っても過言ではなかろう。文学や芸術がそうした状況をすべて解決できるわけではないが、われわれは「二十一世紀の英語文学」について語りながら、暴力の行使の連鎖に起因するそのような人間不信の悲劇が克服されることを大いに願っているのである。

そういう意味でも、本研究会において各会員が文学の理解をとおして人間同士、民族同士の相互理解を今世紀の重要な課題として議論してきたことは重要である。その際、倉持三郎、田中英史、大熊昭信氏などの古参会員には長年にわたって会の精神的支柱になっていただいたことで感謝しているしだいである。このような伝統を継承し、発展させるためにも、われわれはさらに若い会員のリクルートにも心がけるべきであろう。もちろん、長年、貴重な研究会の場を提供していただいている大妻女子大学の関係者（田口孝夫・窪田憲子・吉川信氏）にも感謝しなければならない。

最後になったが、今日まで三十年以上にもわたって論集の出版を快く引き受けていただいた金星堂の福岡正人・倉林勇雄両氏には厚く御礼申し上げたい。貴社のご協力なしにはこのような形の論文集の出版は到底実現しなかったであろう。

二〇一七年三月

二十世紀英文学研究会　第十一号論集編集委員（代表）大平章

執筆者紹介（目次順）

大平　章（おおひら・あきら）（一九四九〜）早稲田大学大学院文学研究科博士課程満期退学。早稲田大学教授。現代英米文学・文明論。著訳書―『ロレンス文学のポリティクス』（金星堂、一九九五年）、『現代の英米作家100人』（共著、弓プレス、一九九七年）、『ロレンス文学鑑賞事典』（共著、彩流社、二〇〇二年）、『D・H・ロレンス全詩集【完全版】』（共訳、彩流社、二〇一一年）、D・H・ロレンス他『ユーカリ林の少年』（共訳、彩流社、二〇一五年）、N・エリアス他『定着者と部外者』（法政大学出版局、二〇〇九年）、N・エリアス『シンボルの理論』（法政大学出版局、二〇一七年）等。

倉持　三郎（くらもち・さぶろう）（一九三二〜）東京教育大学大学院博士課程単位取得退学。東京学芸大学名誉教授、文学博士（筑波大学）。専門分野は二〇・二一世紀英文学。主要著訳書―『D・H・ロレンス　小説の研究』（荒竹出版、一九七六年）、『人と思想　D・H・ロレンス』（清水書院、一九八七年）、『人と思想　トマス・ハーディ』（清水書院、一九九九年）、『D・H・ロレンスの作品と時代背景』（彩流社、二〇〇五年）、『『チャタレー夫人の恋人』裁判　日米英の比較』（彩流社、二〇〇七年）、「D. H. Lawrence: *Apocalypse* の成立」（『英文学研究』日本英文学会、一九八五年）、D・H・ロレンス『三色すみれ・いらくさ』（国文社、一九六九年、福田陸太郎と共訳、第七回日本翻訳文化賞受賞）、D・H・ロレンス『トマス・ハーディ研究・王冠』（南雲堂、一九八七年）。

田中　英史（たなか・ひでぶみ）（一九三八〜）東京教育大学大学院博士課程単位取得中退。大妻女子大学名誉教授。二〇世紀英文学。論文・著書―『イギリス文学史入門』（共著、創元社、一九七八年）、「ポール・モレルの年譜――『息子と恋人』のモデル論的一考察」（『大妻女子大学文学部紀要』一四号、一九八二年）、「〈文学の自伝性〉序論（I）」（『大妻レヴュー』三四号、二〇〇一年）、「序論　階級社会イギリスへの視点」（『階級社会の変貌――二〇世紀イギリス文学に見る』金星堂、二〇〇六年）、「作家ジョージ・オーウェルの出発――『パリとロンドンに落ちぶれて』と『ビルマの日々』」（『現代イギリス文学と場所の移動』金星堂、二〇一〇年）等。

大熊　昭信（おおくま・あきのぶ）（一九四四〜）東京教育大学大学院修士課程修了、成蹊大学非常勤講師、博士（文学）。英語文学、批評・理論。著訳書―『感動の幾何学I』（彩流社、一九九二年）、『文学人類学への招待』（日本放送協会、一九九七年）、『グローバル化の中のポストコロニアリズム』（風間書房、二〇一三年）、ジョン・ディーリー『記号学の基礎原理』（法政大学出版局、一九九八年）等。

外山　健二（とやま・けんじ）（一九六八〜）筑波大学大学院博士課程修了、山口大学人文学部准教授、博士（文学）、アメリカ現代小説。著書―『アメリカン・ロードの物語学』（共著、金星堂、二〇一五年）等。

小林　英里（こばやし・えり）（一九七一〜）新潟県出身。お茶の水女子大学大学院人間文化研究科比較文化学専攻修了。博士（人文科学）。現在、成蹊大学文学部英米文学科准教授。著書に『英文学と他者』（共著、金星堂、二〇一四年）、『Women and Mimicry　ジーン・リース小説研究』（単著、ふくろう出版、二〇一一年)、『現代イギリス文学と場所の移動』(共著、金星堂、二〇一〇年)などがある。

田中　慶子(たなか・けいこ)筑波大学大学院文芸言語研究科博士課程満期退学。静岡産業大学情報学部准教授、英米文化。著書―『階級社会の変貌――二十世紀イギリス文学に見る』(共著、金星堂、二〇〇六年)、『現代イギリス文学における場所の移動』(共著、金星堂、二〇一〇年)、『英文学と他者』(共著、金星堂、二〇一三年)、『ディラン・トマス――海のように歌った詩人』(分担執筆、彩流社、二〇一五年)、『エリザベス・ボウエンを読む』(共著、音羽書房鶴見書店、二〇一六年)。

薄井　良治(うすい・よしはる)成蹊大学大学院文学研究科英米文学専攻博士後期課程修了、博士(文学)。成蹊大学非常勤講師、東京海洋大学非常勤講師、城西大学非常勤講師、大成高等学校非常勤講師、イギリス現代小説。著書・論文―『英文学と他者』(共著、金星堂、二〇一四年)、"Evelyn Waugh's Outfit." *Evelyn Waugh Newsletter and Studies* 39.3 (2009).「大人になりきれない男――Evelyn Waugh の *Decline and Fall* 研究」(『成蹊人文研究』第一九号、二〇一〇年)等。

結城　英雄(ゆうき・ひでお)(一九四八〜)東京大学大学院人文科学研究科修士課程修了。法政大学文学部教授、アイルランド文学。著訳書―『「ユリシーズ」の謎を歩く』(集英社、一九九九年)、『ジョイスを読む』(集英社、二〇〇四年)、『亡霊のイギリス文学――豊穣なる空間』(共編著、国文社、二〇一二年)、『アイリッシュ・アメリカンの文化を読む』(共編著、水声社、二〇一六年)、『ダブリンの市民』(岩波書店、二〇〇四年)等。サントリー学芸賞受賞(一九九九年)。

奥山　礼子（おくやま・れいこ）（一九五七〜）日本女子大学大学院文学研究科英文学専攻博士課程後期満期退学、東洋英和女学院大学教授。二〇世紀イギリス小説。著訳書―『ヴァージニア・ウルフ再読――芸術・文化・社会からのアプローチ』（彩流社、二〇一一年）、『英文学と他者』（共著、金星堂、二〇一四年）、『エリザベス・ボウエンを読む』（共著、音羽書房鶴見書店、二〇一六年）、レイ・ストレイチー『イギリス女性運動史』（共訳、みすず書房、二〇〇八年）等。

加藤　良浩（かとう・よしひろ）（一九六一〜）早稲田大学大学院文学研究科博士後期課程単位取得退学、現在、北里大学非常勤講師。著書：キャサリン・マンスフィールド「園遊会」著書・論文：『階級社会の変貌――二〇世紀イギリス文学に見る』（金星堂、二〇〇六年）、キャサリン・アン・ポーター「休日」における愚か者の意味『英米文学を読み継ぐ』（開文社、二〇一二年）、ミュリエル・スパーク『独身者』『英文学と他者』（金星堂、二〇一四年）『響きと怒り』における別離のモチーフ（早稲田大学英文学会『英文学』第79号、二〇〇〇年）、フラナリー・オコナー Morality Play としての「森の景色」（早稲田大学英語英文学会『英語英文学叢誌』第33号、二〇〇四年）、ミュリエル・スパーク「そよ風にゆれるカーテン」における比喩表現によって描かれる真実（新生言語文化研究会『ふぉーちゅん』第15号、フラナリー・オコナー「火の中の輪」新英米文学会 New Perspective 第１８５号、二〇〇七年）、キャサリン・アン・ポーター「花咲くユダの木」――なぜ主人公ローラは再び眠ることを恐れるのか（欧米言語文化学会 Fortuna 第25号、二〇一四年）等。

二十世紀英文学研究 XI
二十一世紀の英語文学

二〇一七年五月二十五日発行　定価　本体二八〇〇円（税別）

編　者　二十世紀英文学研究会

発行者　二十世紀英文学研究会

発行所　㈱　金　星　堂

東京都千代田区神田神保町三―二一
TEL　〇三―三二六三―三八二八
FAX　〇三―三二六三―〇七一六
ISBN978-4-7647-1169-3
C3097

編集協力　ほんのしろ
印刷所　モリモト印刷／製本所　牧製本